명문동양문고

22

荀子

순자 (上)

김학주 譯

明文堂

목차

1. 유가(儒家)에서의 순자(荀子)의 위치

예수 탄생 5백 년 전을 전후한 춘추시대(春秋時代)에 공자
(孔子)는 어지러운 세상을 바로잡으려고 어짊(仁)과 덕(德)
을 바탕으로 한 사상의 체계를 세워 유교(儒教)를 창설하고
그 가르침을 세상에 폈다. 이러한 공자의 이상(理想)에도 불
구하고 세상은 더욱 어지러워져 전국시대(戰國時代)라 불리
는 더욱 어지러운 세상이 나타난다. 그러나 세상이 혼란을
극할수록 평화를 갈망하는 사람들의 마음은 더욱 강렬하
여, 공자의 가르침은 여러 후계자들에 의하여 더욱 발전하
였고, 그 밖에도 자기 나름대로의 경륜(經綸)으로 세상을 바
로잡아보겠다는 수많은 사상가들―이른바 제자백가(諸子百
家)가 앞을 다투며 나타났다.

서기 기원 전 350년을 전후하며 정치적으로나 사상적으

로나 혼란을 극한 이 시대에 유가에는 맹자(孟子)에 뒤이어 순자(荀子)라는 위대한 사상가가 나타났다. 공자의 사상은 맹자와 순자라는 두 사람에 의하여 더욱 체계화(體系化)되고 이론적으로 다져져서, 다른 학파들을 압도하고 오랫동안 중국 사람들의 마음을 지배하여 왔다고 할 수 있을 것이다.

본시 공자의 가르침에는 어짊과 의로움 또는 충성과 믿음 같은 덕(德)을 숭상하는 내면적인 정신주의와 실행과 예의를 존중하는 외면적인 형식주의의 두 면이 있었다. 그런데 그의 정신주의면은 증자(曾子)로부터 맹자에게로 발전하였는데 비하여, 형식주의 면은 자유(子游), 자하(子夏)를 거쳐 순자에게로 계승되었다. 맹자가 주관적이고 이상적이었다면, 순자는 객관적이고 현실적이었다고 할 수 있을 것이다.

이러한 설명이 정당하다 하더라도 사상의 발전은 선으로 그은 것처럼 그렇게 단순한 것은 아니다. 순자는 틀림없이 공자의 사상을 이어받은 유가인데도 불구하고 오랫동안 유학자들 자체에서 그는 이단자(異端者)로 취급되어 왔다. 그것은 물론 인간 도덕의 바탕으로 받들어져 온 하늘(天)의 권위를 부정하면서 인간과의 분계선(分界線)을 긋기도 하고,

사람의 본성은 악하다고 주장하기도 하고, 예의와 함께 형벌의 올바른 사용법을 강조하여 법가(法家)에 가까운 견해를 주장하기도 하여, 정통적(正統的)인 맹자의 사상과 여러 가지로 대립하였기 때문이었다. 이 점은 바로 순자가 유가 이외의 다른 학파의 사상도 널리 공부하여, 이들을 유가 사상 속으로 흡수하였기 때문이라고도 보는게 옳을 것이다.

「순자」를 읽어보면 비십이자편(非十二子篇)을 비롯한 정론편(正論篇)·해폐편(解蔽篇) 등에서는 그 시대의 다른 학파들에 대하여 준엄한 비평을 가하면서 공자의 사상을 드러내려 애쓰고 있다. 여기에서의 공격의 대상에는 공자의 정신주의를 계승한 자사(子思)와 맹자까지도 포함되었다.

순자의 견해에 의하면, 이러한 제자백가들은 사물의 일부분 만을 아는 「곡지(曲知)」의 사람들이었다. 이들은 부분적인 지식에 의한 판단을 절대적인 것으로 믿은 데서, 진리(眞理)와는 거리가 먼 학문을 하게 된 것이다.

진리와 거리가 먼 학문은 자연히 어떤 명리(名利)를 뒤쫓게 되므로 순자는 그것에 더욱 분개하였다. 그리하여 그는 이들의 눈을 가리고 마음을 막고 있는 요소들을 제거하여 올바른 길을 깨우쳐야 한다고 생각하여 「해폐편(解蔽篇)」을 쓴 것이다.

이러한 다른 학파에 대한 비평을 위하여 순자는 다른 학파의 사상을 널리 공부하였다. 그러는 동안에 다른 학파의 현실적인 사상들이 반대로 순자에게 영향을 미치어 정통적인 유학과는 다른 독특한 사상체계를 이룩하기에 이르렀던 것이다. 이렇게 보면 순자는 단순한 공자의 후계자가 아니라 고대의 중국 철학을 집대성(集大成)한 사람이라는 영예를 누릴 수도 있을 것이다.

유가에 있어서 크게 평가되어야 할 순자의 공로는 그의 유가의 여러 경전(經典)에 대한 깊은 연구이다. 한(漢)대의 유향(劉向)은 그의 「교수중손경서록(校讎中孫卿書錄)」에서 「순자는 시경(詩經)·예기(禮記)·역경(易經)·춘추(春秋)에 조예가 깊었다.」고 말했다. 청(淸)대 학자 왕중(汪中)의 「순경자통론(筍卿子通論)」의 고증을 보면, 시경의 「모시(毛詩)」를 비롯하여 「노시(魯詩)」와 「한시(韓詩)」의 전승(傳承)이 모두 순자의 손을 직접 간접으로 거치고 있으며, 춘추의 「좌씨전(左氏傳)」·「곡량전(穀梁傳)」 및 「대대례(大戴禮)」·「소대례(小戴禮)」의 많은 부분이 손자나 그의 제자들의 힘을 입어 전해진 것이다. 유학의 학문으로서의 바탕이 경전에 있는 것이라면, 순자가 유학에 끼친 공로는 위대한 것이다.

청(淸)대의 학자 왕선겸(王先謙)이 그의 「순자집해(筍子集

解)」서문(序文)에서 지적한 것처럼 그의 성악편(性惡篇)을 보면,

「곧은 나무는 댈나무를 빌지 않아도 곧은 것은 그 본성이 곧기 때문이다. 굽은 나무는 반드시 댈나무를 대고서 불로 쪄서 바로잡은 뒤에라야 곧아지는 것은 그 본성이 곧지 않기 때문이다.」

고 하면서, 곧은 나무와 굽은 나무로서 사람의 본성을 비유하고 있다. 이것은 순자가 사람의 악한 면뿐만 아니라 선한 면도 인식하고 있었음을 증명하는 것이다. 순자는 그 시대의 서로 해치고 죽이는 어지러운 정치와 그 밑에서 허덕이는 백성들의 비참한 생활을 통감한 나머지, 이를 바로잡으려고 「성악설」을 비롯하여 예의와 형벌을 주장하였던 것이다. 혼란 속에는 어짊과 의로움 같은 덕이 발붙일 곳도 없다는 것을 생각하면, 현실에 민감한 순자로서 불가피한 귀결(歸結)이라 할 것이다. 순자는 공자의 이상을 버린 게 아니라, 그 이상의 실현을 위하여 현실에 적응해 보았던 것이다.

2. 순자(荀子)의 생애(生涯)

순자는 이름이 황(況), 순경(荀卿)이라고도 부르는데 경(卿)은 자(字)라는 이도 있고 존칭이라는 사람도 있다. 한(漢)대 이후로는 손경(孫卿)이라고도 부르는데, 그것은 한나라 선제(宣帝)의 이름 순(詢)을 휘(諱)하여 그렇게 부르게 된 것이라 한다. 또 어떤 이는 옛날 순(郇)나라의 공손(公孫)씨 집안이라 하여 손경이라 부른다 하기도 한다.

순자는 서기 기원전 323년경에, 맹자보다 60년이나 늦게 조(趙)나라(지금의 山西省)에서 태어났다. 순자는 고향에서 공부를 하여 열다섯 살에는 수재(秀才)라 일컬어졌다. 이때 제(齊)나라 직하(稷下)라는 고장에는 제나라 위선왕(威宣王) 때부터 임금의 보호에 힘입어 수많은 학자들이 모여 학문을 토론하며 연마하고 있었으므로, 제나라 민왕(湣王) 말년에 순자도 그곳으로 가 학문을 닦았다. 이 직하에는 유가를 비롯하여 묵가(墨家)·도가(道家)·법가(法家)·명가(名家) 등에 속하는 전국의 학자들이 모여들어 자유로이 자기 분야의 학문을 하고 있었으므로, 한때 이곳을 중심으로 학문이 크게 번창하였다. 순자(荀子)는 이곳에서 폭넓은 학문의 기틀을 잡았을 것이다.

민왕이 죽어 직하의 여러 학자들이 흩어졌으나 양왕(襄王)은 다시 학자들을 모아 문화의 부흥을 꾀했는데, 「사기(史記)」 열전(列傳)에 의하면, 순자는 이 무렵 가장 늙은 스승으로서 높은 대우를 받으며 제주(祭酒)란 존경받는 벼슬을 세 번이나 지냈다 한다.

그러나 어떤 자의 모함을 받아 순자는 제나라를 떠나 초(楚)나라로 갔다. 초나라 재상 춘신군(春申君)은 순자를 맞아 난릉(蘭陵)땅의 수령(守令)에 임명하였다. 그러자 어떤 자가 춘신군에게 말하였다. 「탕(湯)임금은 칠십 리 사방의 땅, 문왕(文王)은 백 리 사방의 땅으로 천하를 통일했습니다. 손경도 어진 사람인데, 지금 그에게 백 리 사방의 땅을 주었으니 초나라가 위태롭습니다.」

이에 춘신군은 손자를 파면하니, 그는 다시 조나라로 돌아갔다. 이것은 대략 서력 기원전 265년경의 일이었다. 순자가 조나라 효성왕(孝成王) 앞에서 임무군(臨武君)과 군사에 관한 토론을 한 것은 이 시기였다(의병편). 그리고 이 사이에 이웃 진(秦)나라에도 가서 재상인 응후(應侯)와 대담을 하였다(강국편). 「의병편」과 「강국편」을 읽어 보면 알겠지만, 직업군인인 임무군에 대하여 용병(用兵)의 근본은 백성들을 따르게 함에 있음을 주장하면서 옛날의 군제(軍制)를 설명하는 태도나, 훌륭한 진(秦)나라의 정치를 인정하면서도 유가를 숭상하지 않기 때문에 이상적인 왕자(王者)의 나라는 될 수 없다고 판단하고 진나라를 떠나는 태도에서, 유가의 순자로서 완숙(完熟)한 면모를 느끼게 된다.

한편 초나라에선 다시 어떤 사람이 춘신군에게 간하였다. 「걸(桀)왕 때 이윤(伊尹)이 하(夏)나라를 떠나 은(殷)나라로 가자 은나라가 천하를 통일하여 하나라는 망하였으며, 관중(管仲)이 노(魯)나라를 떠나 제(齊)나라로 가자 노나라는 약해지고 제나라는 강해졌습니다. 이처럼 현명한 사람이 있으면 임금은 더욱 존귀해지고 나라는 편안해집니다. 지금 손경은 천하의 현명한 사람이니, 그가 버리고 떠난 나라는 편치 못할 것입니다.」

이 말을 듣고 춘신군은 사람을 보내어 순자를 다시 초나라로 모셔다 난릉(蘭陵)의 수령으로 삼았다.

그러나 기원전 238년, 춘신군이 암살을 당하자 순자도 난릉의 수령 벼슬을 내놓았다. 이때 순자는 퍽 늙었던 듯하며, 그대로 난릉에 머물러 살다가 몇 년 뒤에 죽었다. 그리하여 그의 제자들은 난릉에서 순자를 장사지냈다 한다.

이보다 더 자세한 그의 생애에 대한 기록은 전하지 않는다. 순자는 별로 높은 벼슬도 하지 못하고, 평생의 태반을 학문과 교육에 바쳤던 것 같다. 맹자의 글이 열정적이고 격한 데 비하여, 순자의 글은 냉정하고 논리적이라는 점도 그의 생활을 통하여 얻어진 성격의 차이에서 온 것일 게다. 그러나 이러한 냉정하고 논리적인 성격은 유가의 경전(經典)들을 정리하여 전승시키는 데에 누구보다도 더 큰 업적을 이루게 하였을 것이다.

그의 제자로는 법가의 대표적인 인물이라 할 수 있는 한비자(韓非子)와 진시황(秦始皇)의 재상으로 유명한 이사(李斯)가 있었다. 이러한 제자들의 이질적인 행동이 순자를 더욱 유가에서 이단자(異端者)로 보게 하였을 것이다. 그러나 한편 노(魯)나라에 조용히 숨어 살면서 학문에 종사하여 유학의 전승에 큰 공로를 세운 부구백(浮邱伯) 같은 제자들도 있었다.

3. 순자(荀子)의 저서(著書)

지금 우리에게 전해지고 있는 20권 32편의 「순자」는 순자 자신에 의하여 씌어진 부분과 제자들의 손에 의하여 이루어진 부분이 섞여 있는데, 모두 처음 편집하였던 모습 그대로가 아니다.

　반고(班固)의 「한서(漢書)」 예문지(藝文志) 유가조(儒家條)
를 보면,

　「손경자(孫卿子) 33편」

　또 부가조(賦家條)에는

　「손경부(孫卿賦) 10편」이 있다 하였다.

　다시 「수서(隋書)」 경적지(經籍志) 자부(子部) 유가(儒家)조
에는

　「손경자 12권」

　또 집부(輯部) 별집(別集)에는

　「초난릉령 순황집(楚蘭陵令 荀況集) 1권」

이 기록되어 있다.

　다시 「구당서(舊唐書)」 경적지 병부(丙部) 자록(子錄) 유가
류(儒家類)에는

　「손경자 12권」

　또 정부(丁部) 집록(集錄) 별집류(別集類)에는

　「조순황집(趙荀況集) 2권」

이 기록되어 있다.

　「신당서(新唐書)」 예문지(藝文志)

　병부 자록 유가류에는

「순경자 12권」

「양경주순자(楊倞注荀子) 20권」

또 정부 집록 별집류에는

「조순항집 2권」

이 기록되어 있다.

다시 「송사(宋史)」예문지 자류(子類) 유가류에는

「순경자 20권」

「양경주순자 20권」

이 수록되어 있다. 이것만 보아도 한(漢)대로부터 송(宋)대
에 이르기까지 거의 시대마다 유행하던 순자의 판본(版本)
에 차이가 있었음을 알 것이다.

이에 앞서 「순자」를 가장 먼저 교정(校正)하여 거의 우리
가 지금 보는 「순자」의 형태로 정리한 사람은 한(漢)대의 유
향(劉向)이었다.

유향의 「교수중손경서록(校讐中孫卿書錄)」을 보면, 순자
의 글은 본시 322편이 있었는데 서로 중복되는 내용을 정
리하여 32편으로 정리하였다 한다. 그 편목(篇目)을 보면 순
서에는 약간의 차이가 있지만 내용은 완전히 지금 우리가
보는 「순자」와 일치한다. 유향이 교정한 「순경신서(荀卿新
書)」 32편이 지금 우리에게 전해지는 「순자」의 바탕이 되었

음은 의심할 여지도 없다.

「순자」를 가장 먼저 연구하여 주(註)를 단 사람은 당(唐)나라 시대의 학자 양경(楊倞)이다. 지금 전하여지는 판본으론 남송(南宋) 때 태주(台州) 국자감본(國子監本)이 가장 좋은 것이며, 이것은 양경이 주한 「순자」를 교정한 것이다. 그 뒤로 많은 학자들이 순자의 가치를 새로이 인식하고 연구하여 주석(註釋)을 달았는데, 근세의 왕선겸(王先謙)은 이들 여러 학자들의 설을 모두 모은 뒤 자기의 견해를 가하여 「순자집해(荀子集解)」란 책을 냈다.

이 책은 「순자」를 읽는 데에 도움이 되는 다시 없는 좋은 책이다.

4. 순자(荀子)의 사상(思想)

① 자연론(自然論)

순자의 철학은 「하늘(天)」이란 말로 표현되는 그의 독특한 자연에 대한 인식(認識)에서 출발한다. 순자에게 있어 「하늘」이란 좁고 넓은 두 가지 뜻을 지니고 있다. 좁은 뜻의 하늘은 땅과 대조를 이루는 해와 달과 별과 구름이 있는 하

늘이고, 넓은 뜻으로는 지금 우리가 지니고 있는 자연(自然)
이란 말에 가까운 개념을 지닌 것이다.

공자·맹자로 이어지는 정통적인 유가사상에서는 사람
들의 도덕적인 권위(權威)의 기초로서 하늘이 받아들여지고
있었다. 하늘은 사람 위에서 자연과 함께 이 세상 모든 것을
지배하는 섭리였다.

노자(老子)와 장자(莊子) 같은 도가(道家)들도 사람은 자연
으로 돌아가야 한다고 생각했었다. 일반적으로 옛날 중국
사람들은 자연 속의 사람, 사람과 자연을 지배하는 하늘을
생각하고 있었다.

순자는 그러나 이 하늘과 사람의 관계를 분리시켜 버렸
다. 자연에는 자연의 법칙이 있고, 사람들에게는 사람의 법
칙이 있어야 한다는 것이다. 이러한 그의 하늘에 대한 사상
은 「천론편(天論篇)」을 중심으로 한 여러 곳에 구체적으로
서술되어 있다.

순자는 하늘에는 지각과 뜻이 있어 착하고 악한 데 따라
사람들에게 복(福)과 화(禍)를 내린다는 일반적인 생각을 부
정하였다.

「하늘은 만물을 생성(生成)하기는 하지만 만물을 분별하
지는 못하며, 땅은 사람들은 그 위에 살게 하기는 하지만 사

람들을 다스리지는 못한다.」(예론편)

「하지 않아도 이루어지고 구하지 않아도 얻어지는 것, 이것을 하늘의 일이라 한다.」(천론편)

고 한 말들은 모두 하늘에는 어떤 의지가 있는게 아니라 자연히 그렇게 되어가고 있음을 뜻하는 것이다.

다만 하늘(자연)은 일정한 원리에 의하여 운행되고 있을 따름이라 한다.

「하늘의 운행에는 일정한 법도가 있다.」(천론편)

「하늘에는 일정한 도(道)가 있고, 땅에는 일정한 법칙이 있다.」(천론편)

고 한 것이 그것이다. 따라서 옛날 사람들은 일식(日蝕)이나 월식(月蝕)이 생기거나 살별이 나타나고 이상한 기후 변화가 생기면, 모두 사람들이 옳지 못한 짓을 하여 하늘이 경고하는 뜻에서 일으키는 일종의 흉(凶)한 징조라 보았었다.

그러나 순자는,

「해와 달에 식(蝕)이 있고 때아닌 비바람이 일고 이상한 별이 나타나는 것은 늘 어느 세상이나 있었던 일이다. 별이 떨어지고 나무에 소리가 나는 것은, 하늘과 땅의 변화요 음양(陰陽)의 변화이며 그런 일은 드물게 일어나는 것이다. 이상히 여기는 것은 괜찮지만 그것을 두려워하면 안된다.」

고 하였다.

따라서 하늘이 사람을 다스리는 게 아니라 반대로 사람이 하늘을 다스려야 한다는 것이다.

「하늘과 땅은 군자를 나았고, 군자는 하늘과 땅을 다스린다.」(왕제편)

「하늘에는 그 철이 있고, 땅에는 그 재물이 있으며 사람에게는 그 다스림이 있는데, 이것을 두고서 잘 〈참여(參與)〉하는 것이라 말한다. 그 참여하는 근거를 버리고 그가 참여되기를 바라는 것은 미혹된 것이다.」(천론편)

하늘에는 하늘의 작용이 있고 땅에는 땅의 작용이 있으며, 사람은 사람으로서의 작용이 있어야 한다. 따라서 사람은 하늘의 변화와 땅의 재물들을 적극적으로 개발하고 이용해야 한다는 것이다. 이것을 앞에서 순자는 〈참여〉하는 것이라 표현하고 있다.

「하늘의 운행엔 일정한 법도가 있으니, 요임금 때문에 존재하게 된 것도 아니요 걸(桀)왕 때문에 없어질 것도 아니다.…농사에 힘쓰고 쓰는 것을 절약하면 하늘도 가난하게 할 수 없고, 잘 보양하고 제때에 움직이면 하늘도 병나게 할 수 없고, 도를 닦아 도리에 어긋나지 않으면 하늘도 재난을 줄 수 없다.」(천론편)

고도 하였다. 순자는 하늘과 땅 사이에 있는 재물들을 이용하고 머리를 써서 개발하며 쓰는 것을 절약하면 누구나 부하게 잘 살 수 있다고 하였다.

「그의 행동이 두루 다스려지고, 그의 급양(給養)이 두루 적합하고, 그의 삶이 다쳐지지 않는 것, 이것을 두고 하늘을 안다고 한다.」(천론편)

고도 하였는데, 사람은 행동과 사고를 통하여 하늘을 많이 알아야 한다는 것이다. 하늘을 잘 알아야 하늘을 충분히 이용할 수 있을 것이기 때문이다. 순자의 이러한 사상은 자연을 정복하려는 과학정신과 완전히 합치된다.

여기에서 하늘에 관한 형이상학(形而上學)은 완전히 거부당한 것이다. 「중용(中庸)」 같은데 보이는 「하늘의 도(道)」와 「땅의 도」와 「사람이 도」는 모두 일맥 상통하며, 결국에 가서는 모두 같은 것이라는 유가의 전통 사상이 부정된 것이다. 순자에 의하면 「하늘의 도」는 하늘에만 통용되는 것이고 「사람의 도」는 사람에게만 적용되는 것이다.

이 때문에 하늘의 권위에 의하여 지탱되어 오던 인간의 미신들도 모두 깨어져 버렸다. 사람의 자주적인 입장이나 적극적인 활동을 막는 모든 요소는 제거되어야 한다고 생각하였기 때문이다. 그렇다고 하늘이나 땅에 대한 숭앙심

(崇仰心)을 모두 지워버린 것은 아니다.

「예에는 세 가지 근본이 있다. 하늘과 땅은 생명의 근본이고, 선조는 종족(種族)의 근본이고, 임금은 다스림의 근본이다. 하늘과 땅이 없으면 어찌 살고 있겠는가? 선조가 없다면 어디서 나왔겠는가? 임금이 없다면 어떻게 다스려지겠는가? 이 세 가지 중 하나만 없어도 편안할 사람이 없을 것이다. 그러므로 예는 위로는 하늘을 섬기고, 아래로는 땅을 섬기며, 선조를 높이고 임금을 떠받드는 것이다. 이것이 예의 세 가지 근본이다.」(예론편)

곧 사람이 자기를 낳아준 조상들을 숭배하고, 자기들을 다스려주는 임금을 존경하는 것과 같이, 하늘과 땅도 자기들의 생명을 유지해주는 것이므로 섬기어야 한다는 것이다. 사람들에게 복이나 재난을 내려 주는 하늘의 권위 때문에 하늘을 신앙하는 것이 아니라, 하늘과 땅이 사람들을 살게 해주는 은덕을 지니고 있기 때문에 섬겨야 한다는 것이다. 조상들의 제사가 산 사람을 위한 것이듯, 하늘에 대한 존경도 산 사람들 자신을 위한 것이다.

그리고 이러한 하늘과 사람의 분리는 사람의 우수성의 인식에서 출발하였을 것이다. 순자는,

「물과 불에는 기운은 있으나 생명이 없고, 풀과 나무에

는 생명은 있으나 지각이 없고, 새와 짐승은 지각은 있으나 의로움이 없다. 사람에게는 기운도 있고, 생명도 있고, 지각도 있고, 의로움도 있다. 그래서 가장 존귀한 것이다.」(왕제편)

라고도 하였다.

② 성악설(性惡說)

순자의 사상 가운데에서 후세 학자들의 가장 많은 관심을 끌고, 또 유가 자체에서 혹평(酷評)을 받아온 것이 이 「성악설」이다. 그러기에 「성악설」은 흔히 순자의 기본사상이며 대표적인 사상이라고 알려져 왔지만, 사실은 여러 가지 순자의 기본적인 관념 가운데 한 가지에 불과한 것이다. 사람이 타고난 본성은 악하다는 이 「성악설」은 여러 면으로 사람들에 의하여 감정적인 비평을 받아 왔다. 그리고 맹자의 「성선설」과 대치시켜 생각하여왔기 때문에 유가들에 의하여 무조건 부정되어 왔었다.

그러나 순자의 「성악설」은 그 성격을 올바로 이해하여야만 할 필요가 있다. 특히 순자가 말하는 「본성」 가운데에는 사람의 욕망 작용뿐이지 사람의 사고(思考) 작용까지 포함되지는 않는다는 점에 주의하여야 한다.

다시 말하면, 순자는 본성과 지려(知慮)는 각각 독립된 심리작용이라는 전제 아래 「성악설」을 얘기하고 있는 것이다. 보통 경우 선과 악은 상대적인 것이지만, 순자에게 있어서는 선은 적극적인 가치가 주어지고 악에는 소극적인 가치만이 주어지는 것이다.

「사람의 본성은 악하다.…지금 사람의 본성은 나면서부터 이익을 좋아하기 때문에 이것을 따르면 쟁탈(爭奪)이 생기고 사양이 없어진다. 나면서부터 질투하고 미워하기 때문에 이것을 따르면 남을 해치고 상케 하는 일이 생기고 충성과 믿음이 없어진다. 나면서 귀와 눈의 욕망이 있어 아름다운 소리와 빛깔을 좋아하기 때문에 이것을 따르면 지나친 혼란이 생기고 예의와 조리 있는 수식이 없어진다. 그러니 사람의 본성을 따르고 사람의 감정을 좇으면 반드시 서로 쟁탈을 하게 되고 분수를 어기고 이치를 어지럽히어 난폭함으로 귀결(歸結)될 것이다.…이로써 본다면 사람의 본성이 악한게 분명하다.」(성악편)

이처럼 「성악설」의 근거가 사람의 「욕망」에 있다면, 완전히 사람들이 지니고 있는 「선」의 요소가 부정되는 것은 아니다. 아무리 「성선설」을 주장하는 맹자라 하더라도

「사람은 나면서 욕망이 있으니, 바라면서도 얻지 못하면

곧 추구하지 않을 수 없게 된다. 추구함에 일정한 기준과 한계가 없다면 곧 다투지 않을 수 없게 된다. 다투면 어지러워지고, 어지러워지면 궁해진다.」(예론편)

는 「성악」을 뺀 순자의 「성악설」과 동일한 논리를 부정할 수는 없을 것이다.

그러기에 순자는,

「본성이란 것은 내가 만들 수는 없는 것이지만 그러나 교화시킬 수는 있는 것이다.」(유효편)

고 하여, 사람 자신이 선하여질 수 있는 능력, 곧 선의 요소까지 지니고 있음을 인정하고 있다. 그러면 그 선의 요소란 무엇일까?

「배워서 될 수 없고 노력해도 될 수 없는 사람에게 있는 것을 본성이라 말한다. 배워서 될 수 있고 노력하면 이룰 수 있는 사람에게 있는 것을 작위(作爲)라 말한다.」(성악편)

배우고 노력해서 사람을 선하게 하는 선의 요소가 바로 「작위」라는 것이다. 또,

「감정이 그러해서 마음이 그것을 위하여 선택하는 것을 생각(慮)이라 말하고, 마음이 생각하여 그것을 위하여 움직일 수 있는 것을 「작위」라 말한다.」(정명편)

하였으니, 작위에는 올바른 판단과 올바른 행동을 할 수 있

는 지려(知慮)가 전제되고 있는 것이다.

그리하여

「성인은 본성을 교화시키고 작위를 일으키는데, 작위가 일어나면 예의가 생기고, 예의가 생기면 법도가 제정된다.」고 하면서 「작위」를 통하여 생겨나는 예의와 법도로써 사람들을 선하게 만들어야 한다고 하였다.

이렇게 보면 순자의 성악설은 단순히 「사람의 본성이 악하다.」는 것이 아니라, 사람의 능력을 개발하여 어지러운 세상을 바로잡아보려는 적극적인 뜻을 지닌 것임을 알 것이다. 순자는 「길거리의 사람 누구나가 성인이 될 수 있고, 소인이라도 누구나 군자가 될 수 있다.」(성악편)고 주장하면서, 사람들의 성정(性情)을 다스려보려 하였던 것이다.

③ 인식론(認識論)

순자의 인식론은 하늘과 사람의 존재를 명확히 갈라놓는 태도로부터 출발한다. 그기에 하늘의 권위를 빌어 절대적인 가치를 지녔던 일반적인 유가나 도가(道家)의 「도(道)」부터가 순자에 이르러는 사람을 기준으로 한 분명한 한계가 그어진다.

「도(道)란 것은 하늘의 도도 아니요 땅의 도도 아니며, 사람이 지켜야 할 도이며, 군자가 행하는 도인 것이다.」(유효편)

「도(道)란 것은 무엇인가? 그것은 예의 · 사양 · 충성 · 믿음이다.」(강국편)

순자는 모든 불확실한 애매한 근거를 가진 인식은 잘못이라고 생각하였다. 사물의 관찰이나 판단을 정확히 하자면 일정한 기준이 있어야 하는데(해폐편), 그것은 마음의 청명(淸明)함에서 얻어진다.

「내 생각이 맑지 못하면, 곧 그렇고 그렇지 않음을 결정할 수가 없다.」(해폐편)

하였고, 다시

「무엇으로서 도(道)를 아는가? 그것은 마음이다. 마음은 어떻게 아는가? 그것은 마음을 텅 비고 통일케 하며 고요히 하여야 한다. …마음이 텅 비고 통일되며 고요한 것을 크게 청명하다(大淸明)고 하는 것이다.」(해폐편)

다시 말하면, 마음의 욕망이나 잡된 생각을 없애고 텅 비우고 한 가지 일에 통일시킨 다음 고요히 사색(思索)하는 것을 「청명」하다고 하는 것이다. 청명한 마음에서 제대로 지려(知慮)가 작용하여 올바른 인식이 얻어진다.

이러한 정확한 인식의 주장은 그로 하여금 올바른 「분별
과 논설(辨說)」을 중시하게 하였다. 「분별」의 표현이 「논설」
이기 때문에 사실상 「분별」과 「논설」은 같은 개념의 말이
며, 순자도 분별의 뜻인 「辨(변)」, 논설의 뜻인 「辯(변)」, 이
론의 뜻인 「說(설)」의 세 가지 글자를 거의 같은 범주(範疇)
에서 사용하고 있다. 순자는 분별의 중요성을 강조하여 「옳
고 그름(是非)이 어지럽지 않으면, 곧 국가가 다스려진다.」
(왕제편)
고 까지 하였다. 그리고

　　「군자는 반드시 논설을 한다. 사람들은 그가 훌륭히 여
기는 것을 말하기 좋아하지 않는 이 없지만, 군자는 더욱 그
경향이 심하다.」(비상편)고 하였다.

　　「분별」과 「논설」은 세상이 어지러울수록 더욱 절실하여
진다.
　　「지금 성왕(聖王)은 돌아가시고 천하가 어지러워져 간사
한 말들이 일어나고 있으나, 군자는 이에 대처할 권세도 없

고 이를 금할 형벌도 쓸 수 없다. 그래서 분별하여 논설하는 것이다.」(정명편)

올바른 판단과 의로운 논설은 어느 때고 유익한 것이지만, 세상이 어지러울 때에는 혼란을 바로잡기 위하여 더욱 필요하다는 것이다. 그래서 순자는 「정명편」을 비롯한 여러 곳에서 올바른 논설을 위하여 정확한 논리를 주장하고 있다.

순자는 또 많은 사람들이 그릇된 주장을 하는 것은 마음한 구석이 욕망이나 이익 같은 데 가리어 있기 때문이라고 생각하였다. 그리하여 세상이 올바르게 되자면 사람들의 마음을 가리거나 막고 있는 것을 없애 버려야 한다고 생각하고 「해폐편(解蔽篇)」을 썼다.

확실한 인식을 바탕으로 하여 비로소 정확한 논리가 성립된다. 명가(名家) 같은 궤변가(詭辯家)에 의한 논리의 혼란을 걱정한 순자는, 올바른 사회의 건설을 위하여는 정확한 논리가 필요하다고 생각하고, 그는 논리학에도 깊은 관심을 기울였다.

여기에서 그가 가장 주의를 기울인 문제는 「명칭(名)」에 관한 문제였다. 그는 「명칭을 들으면 실물을 깨닫게 되는 것이 명칭의 효용이다.」(정명편) 또 「명칭이 올바라야 물건을 이해할 수 있다.」(정명편)고 생각하면서 이 문제를 연구하였다.

올바른 명칭은 본시 유가에서 중시하던 문제의 하나였다. 제자인 자로(子路)가 공자에게,

「위나라 임금이 선생님께 정치를 맡기신다면 선생님은 무엇을 먼저 하시겠습니까?」

하고 물었을 때, 공자는,

「반드시 명칭을 바로잡는 것부터 할 것이다.」(논어 자로(子路)편)

고 대답한 일이 있다. 그러나 순자는 한층 더 심각했다.

「말을 분석하여 멋대로 명칭을 만듦으로써 올바른 명칭을 어지럽히어 백성들을 의혹케 하면 사람들은 말다툼과 소송(訴訟)하는 일이 많아질 것이니, 곧 이것을 두고 크게 간사함(大姦)이라 말하는 것이다. 그 죄는 사신의 신표(信標)나 도량형기(度量衡器)를 멋대로 만든 것과 같다.」(정명편)

고 까지 하였다.

그리고는 명칭을 「단명(單名)」과 「겸명(兼名)」 및 「별명(別名)」과 「공명(共名)」으로 구분하기도 하였다. 곧 한 가지 개념을 표시할 때를 「단명」이라 하고, 두 가지 이상의 개념이 합쳐서 한 개념을 나타내는 것을 「겸명」이라 한다.

예를 들면 「말(馬)」은 「단명」이고, 「흰 말(白馬)」은 「겸명」이 된다. 또 종류의 개념에 의하여 「사람(人)」이란 말이 「동물(動物)」이란 말에 대하여 쓰일 때면 「별명」이 되고, 「동물」은 「사람」에 대하여 「공명」이 된다. 그리고 「별명」의 극은 여러 가지 낱개에 물건 이름이며, 「공명」의 극은 「물(物)」이란 말이 된다.(정명편) 이것은 묵가(墨家)의 논리학파에 비길 만한 귀중한 업적이며, 순자의 객관적, 과학적인 사상의 성격을 잘 설명해 주는 것이다. 결국 순자의 인식론은 논리학으로, 논리학은 다시 문법의 범주에 속할 정확한 「명칭」(또는 명사)의 사용으로 발전하고 있는 것이다.

④ 예론(禮論)

순자는 사람이란 무리를 이루어 사는(왕제편) 사회적인 동물이며, 그 사회의 질서를 유지하며 원활히 살아가는 데에 사람의 특징이 있다 하였다. 사람들은 여럿이서 화합할 수 있다는 데에 무한한 가능성이 있는 것이다. 따라서 사회를 떠나서는 사람이란 존재할 수도 없는 것이라고까지 생각하였다. 그런데 사회가 제대로 유지될 수 있는 것은 사람들은 의로움(義)을 알기 때문이다. 이 의로움을 바탕으로 한 사회적인 분별과 규범으로서 나타나는 것이 「예의」인 것이다.

한편 예의의 필요성은 「성악설」과도 관계 지어 설명할 수 있다. 사람에게는 본시 욕망이라는 악한 본성이 있어서 그대로 버려 두면 서로 충돌하여 큰 혼란이 일어난다.(영욕편) 그래서 옛 임금들은 그 혼란을 막기 위하여 예의를 제정했다고 한다.(왕제편 · 예론편)

따라서 크게는 나라에 예가 없으면 나라가 어지러워지며(왕제편), 개인이 예의를 지키면 처신이 바르게 되어(수신편), 군자가 된다.(성악편)

예의는 개인 행동의 규범이 될 뿐만 아니라 사회질서의 기본이 되는 것이다. 순자가 생각하는 예의를 더 구체적으로 표현하면 사회적인 계급질서이다. 곧 사회적으로 가난하고 부한 사람, 귀하고 천한 사람, 또는 어른과 아이의 분별을 올바르게 짓는 것이다.

이 예의는 일방적으로 개인의 욕망을 억누르는 것이 아니다.

「모든 사람들의 욕망을 충족시키면서 물건의 부족 때문에 욕망이 충족되지 못하거나, 욕망을 멋대로 방임하여 물건이 다하지 않도록 하여 양편이 서로 균형 있게 발전하도록 하는 것.」(예론편)

이다. 곧 사람들이 사회생활을 하면서 자기 신분에 알맞게 일하고 행동하며 거기에 따른 보수를 받게 함으로써「통일된 조화(和一)」속에 평화롭게 살도록 하기 위한 것이 예의이다.(영욕편)

한편 예의의 방법은 옷이나 기구 또는 거처나 행동을 자기 신분과 처지에 알맞도록 수식(修飾)하는 것이다. 예의제도(禮義制度)라는 말이 한 가지 개념으로 쓰여지고 있는 것도 그 때문이다.

「무릇 예가 삶을 섬김은 기쁨을 수식하는 것이고, 장사를 지냄은 슬픔을 수식하는 것이고, 군례(軍禮)는 위엄을 수식하는 것이다.」(예론편)고 한 것은 그러한 예의 형식을 설명한 것이다.

그러므로 예의는 함부로 말들어질 수 없는 것이다. 덕이 많고 모든 이치에 통달한 이상적인 인간인 성인에 의하여 만들어지는 것이다.

「예의라는 것은 성인의 작위(作爲)에 의하여 생겨나는 것이지, 본시 사람의 본성에서 생겨나는 것은 아니다. …성인이 생각을 쌓고 작위를 오랫동안 익히어 예의를 만들어내고 법도를 제정하는 것이다.」(성악편)

「작위」란 앞의「성악설」에서 설명했듯이 사람의 본성을 교화시키려는 올바른 지려(知慮)에 의한 행위이다. 이러한 성인의 작위에 의하여 예의가 생겨나는 것이므로, 그것은 사람의 본성을 올바로 이끌고 사회의 질서를 바로잡는 규범이 될 수 있는 것이다.

어떻든 순자의 예는 「사양하는 마음은 예의 발단(端)」이라고 한 맹자에 비하여 훨씬 외면적이고 형식적이다. 이러한 외면적이고 형식적인 성격은 개인의 수양이나 국가의 정치에 있어서도 맹자의 내면적이고 주관적인 견해와 시종 대립이 된다.

⑤ 정치론(政治論)

순자는 「사람은 나면서부터 무리를 이룬다.」(부국편)고 하여 인간의 사회성을 중시하였기 때문에, 국가나 정치제도도 모두 사람들을 잘 모여 살게 하기 위한 것이라는 생각을 지니고 있었다. 그리하여

「하늘이 백성을 나은 것은 임금을 위한 것이 아니며, 하늘이 임금을 세운 것은 백성을 위한 것이다.」(대략편)
고 하는 민본사상(民本思想)이 정치론의 바탕이 된다. 따라서 백성이 지지하는 나라는 흥하고, 백성이 싫어하는 나라는 망할 것이기 때문에 온갖 수단을 다하여 백성들을 잘 살게 하여야 한다. 거기에서 가장 중요한 것으로 등장하는 것

이 경제정책이다. 그는

「부하지 않으면 백성들의 감정을 길러줄 수 없다.」(대략
편)

고 히면서 농업생산을 바탕으로 한 부국(富國)을 역설하고
있다. 이 부국의 방법으로「생산에 힘쓰면서 절약하여 쓰는
것」(부국편)을 주장한 것은 신랄한 그의 비평에도 불구하고
묵자(墨者)의 영향을 느끼게 한다.

세상을 다스리는 방법으로써 순자가 법을 매우 중요시했
음을 또 하나의 특징이라 할 것이다.

「법은 다스림의 발단(端)이다.」(군도편)

고 하면서, 나라에는 다스림의 기준이 되는 법이 있어야 함
을 강조했다. 뒤에는 형벌까지도 엄히 하여야 함을 주장하
는 대목조차 여러 곳에 보인다. 이러한 법의 중시가 그의 제
자 한비자(韓非子)에게서 극도로 발전하여 법가(法家)를 이
루었던 것이다. 그러나

「좋은 법이 있어도 어지러워지는 일은 있으나, 군자가
있으면서도 어지러워진다는 얘기는 예부터 지금까지 있었
음을 들어 보지 못하였다.」(왕제편)

고 하면서 법을 다스리는 사람이 더 중요하다고 주장한 것
은 아무래도 유가이기 때문인 것 같다.

그의 정치사상 가운데에서도 가장 특색 있는 것은 그의 「후왕사상(後王思想)」이라 할 것이다. 순자는 유가의 전통을 따라 이상적인 정치를 한 옛 임금(先王)의 이상을 받아들이기는 하였다. 그러나 현실적으로는 오래 되어 잘 알 수 없는 옛 임금보다는 그 전통을 계승한 「후왕」, 곧 후세의 임금 또는 근세의 임금 편이 더 좋다는 것이다.

순자는,

「대략 옛 임금(先王)을 본받으면서도 그 정통(正統)을 알지 못하는데…이것은 곧 자사(子思)와 맹자의 죄이다.」(비십이자편)

고 하면서 또,

「대략 옛 임금(先王)을 본뜨면 충분히 세상을 어지럽힐 만한 술법(術法)이 되고…후세 임금(後王)을 본떠서 제도를 통일할 줄 모른다.…옛 임금(先王)을 부르면서 어리석은 자를 속이어 입고 먹을 것을 구하는데…이것은 속된 유자(儒者)이다. 후세의 왕(後王)을 본뜨고 제도를 통일하는데…이것은 우아한 유자(儒者)이다.」(유효편)

고 「후왕」을 본뜰 것을 주장한다.

이것은 순자의 사상의 현실적인 성격을 말해주는 것이라고도 하겠지만, 한편 예의 사상과도 관련이 있다. 정치에 있어서 중요한 것은 맹자가 말하는 것 같은 왕자의 덕이나 도의심(道義心)이 아니라 객관적, 형식적으로 규정된 예의제도이다. 그러니 임금의 개인적인 소질은 별 관계가 없어져서 증거가 애매한 옛 임금보다는 근세의 임금을 내세우게 되는 것이다. 여기에서 정치의 객관적, 기술적인 성격이 분명해졌는데, 이 점도 법가인 한비자(韓非子)에 의하여 더욱 철저해진다.

순자의 현실적인 성격은 또 유가의 전통을 따라 덕(德)을 위주로 하는 왕도(王道)를 이상으로 받들면서도, 힘으로서 다스리는 패도(覇道)까지도 받아들이게 하고 있다. 전국시대처럼 어지러운 세상이라면 적어도 패도정치라도 제대로 되어 주기 바라는 현실적인 소망이 있었을 것이다. 이점에서도 유가사상 속에 숨어든 법가적(法家的)인 기식(氣息:낌새)을 느낄 수 있다.

5. 순자(荀子)의 중요성

순자의 사상을 종합해 보면 객관적이고 현실적이라는 말들로써 표현할 수 있을 것이다. 그런데 이러한 성격의 학자나 사상가는 중국에서는 찾아 보기 힘들다. 유교의 정통이 만약 맹자가 아닌 순자로서 대체되었었더라면 유교가 지배하여 온 중국 사회가 얼마나 달라졌을까 하는 생각이 든다. 혹 서양에 못지 않은 한(漢) 민족의 과학문명이 건설되었을는지도 알 수 없는 일이다. 이처럼 독특하고 훌륭한 고전들이 많이 읽혀짐으로써 동양문화는 새로운 발판을 얻게 될 것이다.

순자

제1권

I. 권학편 勸學篇

  학문을 권장하는 글. 학문의 필요성과 학문하는 방법을 논하고 있다. 순자가 그의 사상을 서술함에 있어서 이처럼 학문에 대한 그의 기본 태도부터 밝히고 있다는 것은 그의 학자로서의 성실성을 보여준다. 그는 경전(經典)을 읽고 예(禮)를 숭상하는 수학(修學)을 통하여 사람은 완전하여지는 것이라 믿고 있었다. 따라서 순자의 학문에 대한 태도의 이해는 바로 순자의 사상 전체를 이해하는 데 있어서 기본이 될 것이다.

1.

　군자가 말하기를 「학문은 중단해서는 안된다.」 하였다. 푸른 물감은 남초(藍草)에서 취하는 것이지만 남초보다 더 파랗고, 얼음은 물이 이루어진 것이지만 물보다 더 차다. 나무가 곧아서 먹줄에 들어맞는다 하더라도 굽히어 수레바퀴를 만들면은 그 굽음은 굽은 자에 들어맞고, 비록 바싹 마른다 하더라도 다시 펴지지 않는 것은 굽힘으로써 그렇게 되는 것이다. 그처럼 나무는 먹줄을 따르면 곧게 되고, 쇠는 숫돌에 갈면 날카로워지는데, 군자는 널리 배우며 매일 자기에 대하여 생각하고 살핀다면, 곧 앎이 밝아지고 행동에 허물이 없게 될 것이다.

　그러므로 높은 산에 올라가 보지 않으면 하늘이 높은 것을 알지 못할 것이고, 깊은 계곡 가까이 가 보지 않으면 땅이 두터운 것을 알지 못할 것이며, 옛 임금들이 남기신 말씀을 듣지 못한다면 학문의 위대함을 알지 못할 것이다. 오(吳)나라나 월(越)나라 또는 오랑캐들의 자식들도 낳아서는 같은 소리를 내는데, 자랄수록 풍습이 달라지게 되는 것은 가르침이 그렇게 만드는 것이다.

시경(詩經)에 말하기를,

「아아, 그대들 군자여!

언제나 편히 쉬려 들지 말지어다.

그대 직위를 다스림에 삼가고

바르고 곧은 이들을 좋아할 지어다.

신명께서 들으시면은

그대를 큰 복으로 도우리라.」

하였는데, 신명께서는 올바른 길(道)로 교화시키는 일보다 더 크게 여기는 일이 없으며, 복은 화를 입지 않는 것보다 더 좋은 것이 없다.

君子曰, 學不可以已. 青取之於藍, 而青於藍, 冰水爲之, 而寒於水. 木直中繩, 輮以爲輪, 其曲中規, 雖有槁暴, 不復挺者, 輮使之然也. 故木受繩則直, 金就礪則利, 君子博學而日參省乎己, 則知明而行無過矣.

故不登高山, 不知天之高也, 不臨深谿, 不知地之
厚也, 不聞先王之遺言, 不知學問之大也. 千越夷貉
之子, 生而同聲, 長而異俗, 教使之然也.

詩曰, 嗟爾君子, 無恒安息. 靖共爾位, 好是正直.
神之聽之, 介爾景福. 神莫大於化道, 福莫長於無禍.

- 君子(군자) : 본시는 벼슬하는 지배계급에 있는 사람들을 가
  리키는 말이었으나, 뒤에는 덕이 많은 훌륭한 사람을 가리
  키는 말로 바뀌었다. 그것은 덕이 많은 사람이 세상을 다스
  려야 한다는 유가(儒家)의 덕치주의(德治主義) 사상 때문이
  다. 군자의 반대말은 소인(小人)이다.
- 藍(람) : 여뀌과(蓼科)에 속하는 풀 이름. 이 풀의 잎새로써
  푸른 물감을 만들었다.
- 繩(승) : 목수들이 쓰는 먹줄.
- 輮(유) : 굽히는 것.
- 規(규) : 목수들이 원을 그릴 때 쓰던 굽은 자. 지금의 콤파스
  와 같은 것.
- 暴(폭) : 볕에 말리다.
- 挺(정) : 곧다는 것.
- 礪(려) : 숫돌.
- 參(참) : 논어(論語)의 증자(曾子)가 「하루 내 자신에 대하여
  세 가지 반성한다(日參省吾身).」는 말이 있어, 여기서도
  「삼」으로 읽는 이가 있으나 「參驗」의 뜻. 곧 「살피고 생각한

다.」고 해석함이 좋다.(王先謙荀子集解 참조)

- 先王(선왕) : 요(堯), 순(舜), 우(禹), 탕(湯), 문왕(文王) 같은 옛날의 훌륭한 임금들.
- 干越夷貊(간월이맥) : 干은 吳나라에 있던 나라 이름. 吳越은 지금의 중국 남부지방으로 옛날에는 미개한 지방이었다. 夷貊은 중국의 동북방에 살던 오랑캐 이름.
- 詩(시) : 시경(詩經). 이 시는 시경 소아(小雅)의 소명(小明)편에 보인다.
- 靖(정) : 꾀한다는 것.
- 共(공) : 恭(공손할 공)과 뜻이 통함.
- 神(신) : 愼(삼갈 신)字의 뜻으로 풀이하기도 하며, 그때엔 聽(들을 청)을 「聽從(도리를 잘 따름)」의 뜻으로 바꿔 풀어야 한다. 여기서는 신은 신명, 청은 듣는다로 풀이하였다.
- 介(개) : 돕는다는 것.
- 景(경) : 크다는 것.

*순자가 그의 책 첫머리에 학문에 대한 자기 태도부터 밝히고 있다는 것은 학자로서의 성실성을 증명해 준다. 학문이란 남초에서 푸른 물감을 만들어내거나, 곧은 나무를 굽혀 놓는 것처럼 사람의 성격이나 행동을 완전히 변화시켜 준다. 날 때엔 똑같던 사람들도 교육에 따라 뒤에는 모두 완전히 다른 사람들로 성장한다. 그러므로 사람들은 성실히 배우면서 올바른 길을 찾아야만 된다는 것이다. 여기에서 이미 순자의 성악설(性

惡説)이 느껴지며 그의 일관된 사상의 모습을 엿보게 된다.

2.

나는 일찍이 하루 종일 생각만 해본 일이 있었으나 잠깐 동안 배운 것만도 못하였다. 나는 일찍이 발돋움을 하고 바라본 일이 있었으나 높은 곳에 올라가서 널리 바라보는 것만 못하였다. 높이 올라가서 손짓을 하면은 팔이 더 길어지지 않더라도 멀리서도 보게 되며, 바람을 따라 소리치면 소리가 더 커지지 않더라도 분명히 들리게 되며, 수레와 말을 이용하는 사람은 발이 빨라지는 것은 아니지만 천 리 길을 가게 되며, 배와 노를 이용하는 사람은 물에 익숙치 않더라도 강물을 건넌다. 군자는 나면서부터 남과 달랐던게 아니라 사물을 잘 이용한 것이다.

吾嘗終日而思矣, 不如須臾之所學也. 吾嘗跂而望矣, 不如登高之博見也. 登高而招, 臂非加長也. 而見者遠, 順風而呼, 聲非加疾也. 而聞者彰, 假輿馬者, 非利足也. 而致千里, 假舟楫者, 非能水也, 而絕江河. 君子生非異也, 善假於物也.

- 須臾(수유) : 잠시, 짧은 동안.
- 跂(기) : 발돋움하다.
- 臂(비) : 팔.
- 疾(질) : 여기서는 소리가 커지는 것.
- 彰(창) : 밝다.
- 假(가) : 이용하는 것.
- 輿(여) : 수레.
- 楫(집) : 배의 노를 말함.
- 能水(능수) : 물에 익숙한 것, 헤엄을 잘 치는 것.
- 絶(절) : 물을 가로질러 건너는 것.

* 사람에게는 사색보다도 배우는 것이 더욱 중요하다. 그런데 배우자면은 좋은 환경에 좋은 방법을 써야 한다. 아무리 홀로 발돋움 쳐봤자 높은 곳에서 바라보는 것처럼 널리 바라보이지 않는 것처럼, 학문도 좋은 환경에서 크게 발전한다. 걷는 것보다 수레나 말을 타면 더 빨리 먼 곳에 갈 수 있듯이 좋은 방법으로 공부하면 더 빨리 학문은 발전한다. 좋은 환경에 좋은 방법, 훌륭한 스승 아래 군자가 이룩된다는 것이다.

3.

남방에 새가 있는데, 그 이름을 몽구(蒙鳩)라 한다. 새 깃으로 둥우리를 만들고 머리털로 그것을 짜가지고는 갈대 이삭에다 그것을 매어놓는다. 바람이 불어와 이삭이 꺾어지면 그 속의 알이 깨지고 새끼가 죽고 하는데, 둥우리가 불완전한 때문이 아니라 그런 곳에다 매어놓았기 때문인 것이다.

서쪽에 나무가 있는데, 이름을 야간(射干)이라 한다. 줄기의 길이는 네 치이지만 높은 산 위에 자라고 있어서 백길이나 되는 못을 바라보고 있다. 나무의 줄기가 길어질 수 있기 때문이 아니라 서 있는 곳이 그러하기 때문인 것이다.

쑥대가 삼대밭 속에 자라나면 부축해주지 않아도 곧으며, 흰 모래가 개흙 속에 있으면 함께 모두 검게 되는 것이다.

난괴(蘭槐)의 뿌리는 바로 향료(香料)가 되는 것인데, 그것을 구정물에 적셔 두면 군자도 가까이 않으려니와 범인(凡人)들도 그것을 몸에 차지 않는다. 그 바탕이 아름답지 않은 것이 아니라 적셔둔 것이 그렇게 만든 것이다.

그러므로 군자는 사는데 있어서는 반드시 고을을 가리고, 노는데 있어서는 반드시 선비들과 어울리는데, 이것은 악하게 비뚤어짐을 막음으로써 올바름으로 가까워지고자 하는 때문이다.

南方有鳥焉, 名曰蒙鳩. 以羽爲巢, 而編之以髮, 繫之葦苕. 風至苕折, 卵破子死, 巢非不完也, 所繫者然也.

西方有木焉, 名曰射干. 莖長四寸, 生於高山之上, 而臨百仞之淵. 木莖非能長也, 所立者然也.

蓬生麻中, 不扶而直, 白沙在涅, 與之俱黑.

蘭槐之根, 是爲芷, 其漸之滫, 君子不近, 庶人不服. 其質非不美也, 所漸者然也. 故君子, 居必擇鄉, 遊必就士, 所以防邪僻, 而近中正也.

- 蒙鳩(몽구) : 뱁새(鷦鷯)의 일종.
- 葦(위) : 갈대.
- 苕(초) : 갈대의 이삭.
- 射干(야간) : 오선(烏扇)이라고도 부르는 중국 서쪽 높은 산에 나는 풀 이름.
- 仞(인) : 길이의 단위, 옛 주척(周尺)으로 일곱 자가 일인인데, 우리 말로는 한 「길」에 가깝다.
- 蓬(봉) : 다북쑥.
- 蘭槐(난괴) : 향초의 일종. 그 뿌리를 芷(지)라 하여 향료(香料)로 쓰인다.
- 漸(점) : 적시다.
- 滫(수) : 오래된 구정물.
- 邪僻(사벽) : 사악하고 비뚤어진 것.

＊여기서도 몽구새・야간나무・난괴 등의 비유를 들어 사람들이 배우는 환경의 중요성을 강조하고 있다. 훌륭한 사람이 되려면 사는 곳을 가리고 친구를 가려 사귐으로서 올바른 일들을 배워야 한다는 것이다.

4.
　여러 가지 사물의 발생은 반드시 시초가 있을 것이며, 영예나 욕됨이 오는 것은 반드시 그의 덕을 따르는 것이다. 고기가 썩으면 벌레가 생겨나고 생선이 마르면 좀벌레가 이는 것이니, 태만함으로써 자신을 잊는다면 재앙이 곧 닥칠 것이다. 굳센 것은 스스로 떠받치고 서지만, 부드러운 것은 스스로 묶이여야만 하게 되는 것이다.
　악함과 더러움을 몸에 지니고 있으면 원한이 맺어지는 까닭이 된다. 댈나무를 펼쳐 놓으면 불은 한결같이 마른 것을 태울 것이고, 땅을 평평히 하면 물은 한결같이 축축한 곳으로부터 적실 것이다. 풀과 나무는 무리를 이루어 자라나고, 새와 짐승은 떼를 지어 사는데, 모든 물건은 제각기 그의 종류를 따르기 마련이다.
　그렇기 때문에 과녁을 펼쳐놓으면 화살이 날아오게 되고, 나무 숲이 무성하면 도끼가 쓰여지게 되고, 나무가 그늘을 이루면 새떼들이 와서 쉬게 되고, 식초가 시어지면 초파리가 모여들게 된다. 그러므로 말에는 화를 부르는 수가 있고 행동에는 욕됨을 자초(自招)하는 일이 있으니, 군자는 그의 입장에 대하여 신중한 것이다.

物類之起, 必有所始, 榮辱之來, 必象其德. 肉腐出蟲, 魚枯生蠹, 怠慢忘身, 禍災乃作. 强自取柱, 柔自取束.

邪穢在身, 怨之所構. 施薪若一火就燥也, 平地若一水就溼也. 草木疇生, 禽獸羣焉, 物各從其類也.

是故, 質的張而弓矢至焉, 林木茂而斧斤至焉, 樹成蔭而衆鳥息焉, 醯酸而蛃聚焉, 故言有召禍也, 行有招辱也, 君子愼其所立乎!

- 物類(물류) : 여러 가지 사물(事物).
- 蠹(두) : 좀.
- 强自取柱, 柔自取束(강자취주, 유자취속) : 「강한 물건은 스스로 떠받치고 서게 되고, 유약한 물건은 스스로 묶이게 된다.」(劉師培荀子補釋 참조)
- 穢(예) : 더러움.
- 疇(주) : 무리.

- 質的(질적) : 質은 활쏘는 표적, 的은 표적 안에 그려진 둥근 과녁.
- 醯(혜) : 초.
- 蜹(예) : 식초나 술이 익을 때 모여드는 조그만 날벌레. 초파리.
- 所立(소립) : 선 곳, 입장. 여기서는 학문하는 처지.

* 여기서는 학문하는 사람의 환경을 더 자세히 설명하고 있다. 환경이란 주어지는 것이 아니라, 그 사람의 마음가짐에 따라서 자연히 형성되는 것이라는 것이다. 풀과 나무가 같은 종류끼리 모여 살 듯, 비슷한 사람들이 모이게 되는 것은 당연하다. 따라서 군자는 말과 행동을 조심하여 자기 환경을 훌륭하게 조성한다는 것이다.

5.

흙이 쌓여 산이 이룩되면 바람과 비가 일게 되고, 물이 모여 못이 이룩되면 교룡과 용이 생겨나며, 선함이 쌓여 덕이 이룩되면 신명(神明)함을 자연히 얻게 되고 성스러운 마음이 갖추어지게 된다. 그러므로 반 발자국이 쌓이지 않으면 천 리 길을 갈 수 없고, 작은 흐름이 쌓이지 않으면 강과 바다가 이룩될 수 없는 것이다. 준마(駿馬)도

한번 뛰어 열 발자국 갈 수 없고, 둔한 말도 열 번 수레를 끌면 준마를 따를 수 있다. 공을 이룸은 중단하지 않는데 달렸으니, 칼로 자르다 중단하면 썩은 나무라도 꺾이지 않으며, 자르는 것을 중단하지 않으면 쇠나 돌이라도 파여지게 되는 것이다.

지렁이는 날카로운 발톱과 이빨이나 힘센 근육이나 뼈를 갖고 있지 않지만, 위로는 띠끌과 흙을 먹고 아래로는 땅속의 물을 마시는데, 그것은 마음 쓰임이 한결같기 때문이다. 게는 여덟 개의 발에다 두 개의 집게를 지니고 있지만 장어의 굴이 아니면 의탁할 만한 곳이 없는 것은 마음 쓰임이 산만하기 때문이다. 그러므로 꿋꿋한 뜻이 없는 사람은 환한 밝은 깨우침이 없을 것이며, 묵묵히 일함이 없는 사람은 혁혁한 공을 이루는 일이 없을 것이다. 네거리에 헤매는 자는 목적지에 이르지 못하고, 두 임금을 섬기는 자는 아무에게도 받아들여지지 않을 것이다. 눈은 두 가지를 제각기 보지 못함으로써 밝게 보이고, 귀는 두 가지를 제각기 듣지 못함으로써 분명히 듣게 되는 것이다. 등뱀(螣蛇)은 발이 없어도 날기조차 하나, 석쥐(鼫鼠)는 다섯 가지 재주가 있어도 곤경에 빠진다. 시경(詩經)에 말하기를,

「뻐꾹새가 뽕나무에 있는데

그 새끼 일곱 마리일세.

훌륭한 군자께서는

그 태도가 한결같네.

그 태도가 한결같고

마음은 단단한 듯하네.」

라 하였다. 그러므로 군자는 한결같이 단단해져 있어야

만 하는 것이다.

積土成山, 風雨興焉, 積水成淵, 蛟龍生焉, 積善
成德, 神明自得, 聖心備焉. 故不積頤步, 無以至千
里, 不積小流, 無以成江海. 騏驥一躍不能十步, 駑
馬十駕. 則亦及之. 功在不舍, 鍥而舍之, 朽木不折,
鍥而不舍, 金石可鏤.

螾無爪牙之利, 筋骨之强, 上食埃土, 下飲黃泉,
用心一也. 蟹八跪而二螯, 非蛇蟺之穴, 無可寄託者,
用心躁也. 是故, 無冥冥之志者, 無昭昭之明, 無惛
惛之事者, 無赫赫之功. 行衢道者, 不至, 事兩君者,
不容. 目不能兩視而明, 耳不能兩聽而聰. 螣蛇無足
而飛, 梧鼠五技而窮. 詩曰, 尸鳩在桑, 其子七分. 淑

人君子, 其儀一兮, 其儀一兮, 心如結兮. 故君子結
於一也.

- 蛟(교) : 용의 한 종류.
- 神明(신명) : 신통한 통찰력(洞察力).
- 蹞(규) : 반 걸음. 「跬」와 같은 자.
- 騏驥(기기) : 좋은 말의 이름. 준마(駿馬).
- 駑(노) : 노둔한 말.
- 十駕(십가) : 열 번 수레를 끄는 것, 열 번 끌면 준마가 한 발
  자국 뛴 만큼은 더 멀리 간다는 뜻.
- 舍(사) : 중단해 버리는 것.
- 鍥(계) : 칼로 자르기 위해 새기는 것.
- 鏤(누) : 조각(彫刻)의 뜻.
- 螾(인) : 지렁이. 「蚓」과 같은 자.
- 爪(조) : 손발톱.
- 埃(애) : 티끌.
- 黃泉(황천) : 저승의 뜻으로도 쓰이나 여기서는 땅속의 지하
  수(地下水)를 가리킴.
- 蟹(해) : 게.
- 跪(궤) : 발.
- 螯(오) : 게의 집게.
- 蚖蟺(사선) : 鱓(鮮)이라고도 하며, 물가의 진흙 굴속에 사는
  뱀장어같이 생긴 물고기. 중국의 특산(特産)임.
- 躁(조) : 마음이 조급함, 곧 마음 쓰임이 산만함을 뜻한다.

- 冥冥(명명) : 뜻이 한결같은 모양.
- 惛惛(혼혼) : 묵묵히 정성을 다하는 모양.
- 衢道(구도) : 사방으로 통하는 갈랫길.
- 螣蛇(등사) : 용의 일종으로, 구름과 안개를 일으키고 그 속에서 논다 한다.
- 梧鼠(오서) : 석서(鼫鼠)라고도 부르며, 많은 재주를 가진 쥐의 일종.
- 詩(시) : 시경 조풍(曹風) 시구(尸鳩)시 가운데의 일절. 尸鳩는 鳲鳩로도 쓰며 뻐꾹새. 여기서는 한결같은 방법으로 자식을 기르는 군자에 비유한 것이다(毛傳).
- 淑(숙) : 착함.
- 儀(의) : 의도(儀度), 태도.
- 結(결) : 마음이 맺혀 있음은 마음이 한결같이 굳은 것을 뜻한다.

*이 단에서는 학문이란 꾸준히 한결같은 마음으로 노력하여야만 큰 성과를 거둘 수 있음을 얘기한 것이다. 재주 있는 사람이라 하더라도 노력이 분산되면 크게 성공 못하지만, 재주가 없더라도 꾸준히 힘쓰면 큰 성과를 이룩할 수 있다는 것이다.

6.
옛날에 호파가 슬(瑟)을 타면 물속에 잠겨 있던 물고기도 나와 들었고, 백아가 금(琴)을 타면 수레 끄는 여섯 필의 말들이 고개를 들고 풀을 먹었다. 그러니 소리는 아무리 작다 하더라도 들리지 않는 것이 없고, 행동은 아무리 숨기어도 드러나지 않는 것이 없다. 옥이 산에 있으면 풀과 나무들이 윤택해지고, 못에 진주(眞珠)가 나면 가의 언덕이 마르지 않는다. 선을 행하고 사악함을 쌓지 않는다면 어찌 명성이 드날리지 않겠는가!

昔者, 瓠巴鼓瑟, 而流魚出聽, 伯牙鼓琴, 而六馬仰秣. 故聲無小而不聞, 行無隱而不形. 玉在山而草木潤, 淵生珠而崖不枯. 爲善不積邪, 安有不聞者乎!

- 瓠巴(호파) : 옛날 슬(瑟)을 잘 타던 사람. 자세한 생평은 알수 없으나, 열자(列子)에도 그가 금(琴)을 타면 새가 춤추고 물고기가 뛰었다는 기록이 있다.
- 瑟(슬) : 악기의 일종. 거문고와 비슷하며 25줄 또는 23줄, 19줄로 된 여러 가지가 있다.
- 流魚(유어) : 흐르는 물속의 고기. 그러나 본시는 沈魚(침어)로 되어 있었다 하니(王先謙 荀子集解), 여기서는 「물속에 잠긴 고기」로 풀이하였다.
- 伯牙(백아) : 옛날 금(琴)의 명인. 종자기(鍾子期)란 친구가 그

의 음악을 잘 이해해 주어 「지음(知音)」이란 말이 생겨났다.

• 琴(금) : 중국의 대표적인 현악기, 7줄이 쳐져 있다.

• 六馬(육마) : 천자의 수레인 노거(路車)를 끄는 여섯 마리의 말.

• 仰秣(앙말) : 말이 금 소리에 귀를 기울이려고 풀을 먹으면서도 고개를 드는 것.

• 爲善不積邪(위선불적사) : 「선을 행하고 악을 쌓지 않는다.」 「위선불적야?」로 읽고, 「선을 행함을 쌓지 않겠는가?」로 풀이하기로 한다.

＊호파와 백아의 악기 연주에 물고기나 말이 귀를 기울이고, 산이나 못에 있는 구슬이 그 주위에 영향을 미치듯이, 올바른 행동이 쌓이면 온 세상에 알려지게 된다. 따라서 학문하려는 사람은 꾸준히 올바른 길을 걷도록 애써야 한다는 것이다.

7.

학문은 어디에서 시작하여, 어디에서 끝나는가? 그 방법에 있어서는 경문을 외우는 데서 시작하여 예기(禮記)를 읽는 데서 끝나는 것이며, 그 뜻에 있어서는 선비가 되는 것에서 시작하여 성인이 되는 것으로 끝나는 것이다. 정말로 노력을 오랫동안 쌓으면 그런 경지에 들어가게 되지만, 학문이란 죽은 뒤에야 끝나는 것이다.

그러므로 학문의 방법에는 끝이 있지만, 그 뜻으로 말하면은 잠시라도 버려둘 수가 없는 것이다. 학문을 하는 것은 사람이고, 학문을 버려두는 것은 금수인 것이다.

그런데 서경(書經)이란 정치에 관한 일을 기록한 것이고, 시경(詩經)이란 음악에 알맞은 것들을 모아놓은 것이고, 예기(禮記)는 법의 근본이며 여러 가지 일에 관한 규정인 것이다. 그래서 학문은 예기에 이르러 끝맺게 되는 것이다. 대체로 이것을 일컬어 도덕의 준칙(準則)이라고 한다. 「예기」의 문식(文飾)을 중히 여김과, 「악기(樂記)」의 알맞게 조화됨과, 「시경」과 「서경」의 광범함과, 「춘추(春秋)」의 자세함은 하늘과 땅 사이에 있는 것을 모두 포괄하는 것이다.

學惡乎始惡乎終? 曰其數則始乎誦經, 終乎讀禮, 其義則始乎爲士, 終乎爲聖人. 眞積力久則入, 學至乎沒而後止也. 故學數有終, 若其義則不可須臾舍也. 爲之, 人也, 舍之, 禽獸也.

故書者, 政事之紀也, 詩者, 中聲之所止也, 禮者, 法之大分, 類之綱紀也. 故學至乎禮而止矣. 夫是之

謂道德之極. 禮之敬文也, 樂之中和也, 詩書之博也,
春秋之微也, 在天地之間者畢矣.

- 數(수) : 술수(術數), 곧 수단, 방법의 뜻.
- 經(경) : 시경, 서경 같은 경전들.
- 禮(예) : 예에 관한 기록, 여기서는 편의상 「예기」라고 번역
  하였으나, 지금 유가의 경전으로 전하는 「예기」와 꼭 같은
  것은 아니다.
- 義(의) : 「목표」와 비슷한 말.
- 士(사) : 공부를 한 분별이 있는 사람. 사회계급의 신분으로
  서는 일반 백성이 아닌 벼슬할 수 있는 위치의 사람들을 가
  리키기도 한다.
- 所止(소지) : 「머무는 바」, 곧 「올바른 자리」의 뜻. 번역에서
  편의상 「모아놓은 것」이라 해두었다.
- 大分(대분) : 크게 나뉘는 근본이 되는 것.
- 類(류) : 여러 가지 일.
- 極(극) : 준칙(準則)의 뜻.
- 文(문) : 본시 紋(무늬 문)의 뜻을 지니고 있어, 겉으로 나타내
  는 행동이나 장식 같은 것을 뜻한다. 예란 사람의 행동이나
  겉모양을 규제하는 것이다.
- 樂(악) : 음악에 관한 경전. 편의상 「악기」라 번역하였으나
  지금 전하는 예기의 악기와는 다른 것이다.
- 微(미) : 미세(微細)함 속에 진리가 숨겨 있는 「춘추」에서 보
  인 공자의 필법을 뜻한다.

• 畢(필) : 전부 포괄하였다는 뜻.

*이 단에선 학문의 방법과 목표를 설명하고 있다. 학문의
방법으로서는 옛날의 경전들을 읽고 예에 관한 수양을 쌓을 것
을 주장한다. 경전은 사람의 지식을 이룩해 주고, 예는 사람의
행동을 바르게 규제해 줄 것이기 때문이다. 그리고 학문의 목
표는 올바른 지식인으로서의 선비에서 시작하여 훌륭한 덕을
갖춘 완전한 사람인 성인이 되는 데 있다. 순자가 학문의 텍스
트로서 시경·서경·예기·악기·춘추의 다섯 가지 유가(儒家)
의 대표적인 경전을 든 것은, 그 속에는 하늘과 땅 사이의 모든
진리와 규범이 서술되어 있다고 믿었기 때문이었다.

8.
군자의 학문은 귀로 들어와 마음에 붙어서 온몸으로
퍼져 행동으로 나타난다. 소곤소곤 말하고 점잖히 움직
이어 모두가 법도가 될 만하다. 소인의 학문은 귀로 들어
와 입으로 나온다. 입과 귀 사이는 네 치밖에 안되니, 어
찌 일곱 자나 되는 몸을 아름답게 할 수 있을 것인가?
옛날의 학자들은 자기 자신을 위해서 학문을 하였고,
지금의 학자들은 남에게 보이기 위하여 학문을 한다. 군

자가 학문을 하는 것은 그 자신을 아름답게 하기 위해서
이고, 소인이 학문을 하는 것은 남에게 내놓아 이용하기
위해서이다. 그러므로 묻지도 않았는데 얘기하는 것을
시끄러움(傲)이라 하고, 하나를 물었는데 둘을 얘기하는
것을 뽐냄(噴)이라고 한다. 시끄러움도 글렀고 뽐내는 것
도 그르니, 군자는 일에 따라 울림처럼 행동하는 것이다.

君子之學也, 入乎耳, 著乎心, 布乎四體, 形乎動
靜. 端而言, 蝡而動, 一可以爲法則. 小人之學也, 入
乎耳, 出乎口. 口耳之間, 則四寸耳, 曷足以美七尺
之軀哉!

古之學者, 爲己, 今之學者, 爲人. 君子之學也, 以
美其身, 小人之學也, 以爲禽犢. 故不問而告, 謂之
傲, 問一而告二, 謂之噴. 傲, 非也, 噴, 非也, 君子如
嚮矣.

- 動靜(동정) : 행동거지(行動居止).
- 端(단) : 喘(천)과 통하는 글자로 보아 「소곤소곤」의 뜻. 「단
  정(端正)히」 얘기한다고 해석하기도 한다(荀子集解).
- 蝡(윤) : 「살며시 조금씩」 움직이는 것.
- 一(일) : 일체(一切), 모두.

- 曷(갈) : 어찌.
- 爲己(위기) : 자신의 완성을 위하여 학문하는 것.
- 爲人(위인) : 남에게 보이고 이용하기 위하여 학문하는 것.
- 禽犢(금독) :「예기」곡예(曲禮)를 보면, 사람들이 처음 만날 때 선물로 가져가는 폐백(贄)으로「경(卿)은 염소, 대부(大夫)는 기러기, 사(士)는 꿩, 서민들은 집오리」를 썼다 한다.「금독」은 이러한 폐백들을 통털어 한 말. 곧 소인들은 학문을 남에게 선물하는 폐백처럼 출세하는 수단으로 하였다는 것이다(荀子補釋). 그러나 왕선겸(王先謙)은 이를「금수(禽獸)」의 뜻으로 보고, 소인은 공부는 해도 금수처럼 된다는 뜻으로 보고 있다(荀子集解).
- 傲(오) : 嗷(새 지저귈 오)와 같은 뜻으로「시끄러운 것」.「오탄(傲誕)」, 곧 건방지게 행동한다는 뜻으로 보는 이도 있다(荀子補釋).
- 嚾(찬) : 억지로 떠들며 뽐내는 것.
- 嚮(향) : 響(향) 과 같은 자. 소리가 울리듯 일에 따라 적절히 말하고 행동한다는 뜻.

* 여기서는 지식과 행동이 일치되어야 함을 주장하고 있다. 이는 논어(論語)에서「행하고 남는 힘이 있으면, 곧 그것을 가지고 글을 배운다.(行有餘力, 則以學文.)」고 한 공자의 행동 위주의 가르침과 부합된다. 그의 학문이 행동과 일치하는 사람은 군자이고, 그렇지 못한 사람, 곧 학문을 출세하는 수단으로 아

는 사람은 소인이라는 것이다. 군자는 자기 완성을 위하여 학문을 하고, 또 쌓은 학문은 일에 따라 적절히 행동으로 실천한다는 것이다.

9.

학문은 배우려는 그 사람(스승)을 가까이하는 것보다 더 편리한 것이 없다. 「예기」와 「악기」는 법도를 보여줌에 빠짐이 없고, 「시경」과 「서경」은 옛 기록이어서 천근(淺近)하지 않고, 「춘추」는 간략하면서 번잡하지 않다. 그 배우려는 사람(스승)을 따라 군자의 말씀을 익힌다면 존엄하여 세상에 널리 두루 통하게 될 것이다. 그러므로 학문은 배우려는 그 사람(스승)을 가까이하는 것보다 더 편리한 것은 없다고 한 것이다. 학문의 방법은 배우려는 그 사람(스승)을 좋아하는 것보다 빠른 길이 없으며, 예를 존중하는 것이 그 다음이다.

위로는 배우려는 그 사람(스승)을 좋아하지 못하고 아래로는 예를 존중하지 못한다면, 또한 다만 잡된 기록의 책을 배우고 시경과 서경을 따를 뿐일 것이니, 곧 세상의 끝이 되고 해가 다한다 하더라도 고루한 선비임을 면치 못할 따름일 것이다.

옛 임금들을 근본으로 삼고 어짊과 의로움을 근본으로 삼으려 한다면, 곧 예가 바로 그 바탕과 지름길이 될 것이며, 갖옷의 옷깃을 올릴 때 다섯 손가락을 굽히어 그것을 들기만 하면 되듯 순조롭게 됨은 이루 다 말할 수가 없을 정도이다. 예의 법도를 따르지 않고 시경과 서경만을 따른다면, 그것은 마치 손가락으로 황하(黃河)를 재거나 창으로써 기장을 절구질하거나 송곳으로써 병 속의 음식을 먹으려는 거나 같은 것이니 될 수가 없는 일이다. 그러므로 예를 존중한다면 비록 명석하지는 못하다 하더라도 법도를 지키는 선비(法士)가 될 것이다. 예를 존중하지 않는다면, 비록 사리에 밝고 말 잘한다 하더라도 허튼 선비(散儒)가 될 것이다.

學莫便乎近其人. 禮樂法而不說, 詩書故而不切, 春秋約而不速. 方其人之習君子之說, 則尊以徧矣周於世矣. 故曰, 學莫便乎近其人. 學之經, 莫速乎好其人, 隆禮次之.

上不能好其人, 下不能隆禮, 安特將學雜識志, 順詩書而已耳, 則末世窮年, 不免爲陋儒而已.

將原先王, 本仁義, 則禮正其經緯蹊徑也, 若挈裘

領, 詘五指而頓之, 順者不可勝數也. 不道禮憲, 以詩書爲之, 譬之猶以指測河也. 以戈舂黍也, 以錐飡壺也, 不可以得之矣.

故隆禮, 雖未明, 法士也. 不隆禮, 雖察辯, 散儒也.

- 其人(기인) : 스승이 될 만한 옛날의 어진 사람.
- 法而不說(법이불설) : 「說」은 「脫(벗어날 탈)」의 뜻으로 보아 「법도를 보여줌에 빠짐이 없다.」는 뜻(于省吾 雙劍誃荀子新證). 보통은 「법도만 보여주고 자세히 설명은 하지 않았다.」는 뜻으로 풀이하고 있다.
- 故而不切(고이불체) : 「뜻이 고고(高古)하면서도 천근(淺近)하지 않다.」는 뜻(雙劍誃荀子新證). 보통은 「옛 것이어서 현실에는 절실하지 않다.」는 뜻으로 풀이하고 있다.
- 約而不速(약이불속) : 「速」은 「數(삭)」과 통하여 「번삭(繁數)」의 뜻으로 보고, 「내용이 간략하면서도 서술이 번거롭지 않다.」는 뜻으로 풀었다(雙劍誃荀子新證). 보통은 「간략하여 쉽사리 이해할 수 없다.」는 뜻으로 풀이하고 있다.
- 方(방) : 傍(의지할 방)과 뜻이 통함.
- 徧矣周(편의주) : 「徧周」(널리 두루 통함)를 강조한 표현.
- 學之經(학지경) : 학문의 방법, 법도.
- 隆(융) : 존중의 뜻.
- 安(안) : 어조사. 抑(문득 억)과 같은 뜻으로 「案(안)」으로 쓰기도 한다(楊倞注 참조).

- 雜識志(잡지지) : 잡된 기록의 책.
- 陋(누) : 더러움.
- 經緯(경위) : 길쌈할 때의 날줄과 씨줄, 곧 어떤 일의 바탕이 되는 것.
- 蹊(혜) : 지름길.
- 徑(경) : 지름길.
- 挈(설) : 끌어올리다.
- 裘(구) : 갖옷.
- 領(영) : 옷깃.
- 詘(굴) : 屈(굴)과 같은 자. 굽히는 것.
- 頓(돈) : 들어올리는 것.
- 不可勝數(불가승수) : 이루 다 헤아릴 수 없이, 이루 다 말할 수 없다.
- 戈(과) : 창.
- 舂(용) : 절구질하다.
- 黍(서) : 기장.
- 錐(추) : 송곳.
- 飱(손) : 밥 먹는 것.
- 壺(호) : 병.
- 法士(법사) : 예법을 지키는 선비.
- 察辯(찰변) : 살피어 이치를 잘 알고 말을 잘하는 것.
- 散儒(산유) : 산만한 선비, 허튼짓하는 선비.

*이 단에선 공부하는 구체적인 방법을 얘기해 준다. 학문하

는 가장 좋은 길은 옛날의 어진 분을 그대로 본받는 것이다. 그런데 사람들은 옛날의 경전을 공부하고, 또 예를 통하여 올바른 행동을 함으로써 학문이 이룩된다. 여기에서 경전과 예 두 가지를 놓고 볼 때 더 중요한 것은 지식의 바탕이 되는 경전이 아니라 예이다. 예를 숭상하는 사람은 적어도 남에게 해를 끼치지 않는 법도를 지킬 줄 아는 선비가 되지만, 경전을 통하여 지식만을 얻고 예를 숭상할 줄 모르는 사람은 남에게 해를 끼치는 사람이 된다는 것이다.

10.

고루한 것을 묻는 자에게는 대답하지 말 것이며, 고루한 말을 하는 자에게는 묻지 말 것이며, 고루한 얘기를 하는 자의 말은 듣지 말 것이며, 다투는 기가 있는 자와는 말씨름을 말 것이다. 그러므로 반드시 올바른 길을 좇아서 오면은 그 뒤에야 그와 접촉하며, 올바른 길로 오지 않으면, 곧 그를 피하는 것이다.

그러므로 예가 공손한 다음에야 함께 올바른 길의 방향을 얘기할 수 있는 것이며, 말이 순리한 다음에야 함께 올바른 길의 원리를 얘기할 수 있는 것이며, 얼굴빛이 종순(從順)한 다음에야 함께 올바른 길의 극치를 얘기할 수

있는 것이다. 그래서 함께 얘기해서는 안될 때 얘기하는
것을 시끄러움(傲)이라 하고, 함께 얘기할 만할 때 얘기
하지 않는 것을 숨김(隱)이라 하고, 기색을 살펴보지도
않고 얘기하는 것을 장님(瞽)이라 한다. 그러므로 군자는
시끄럽지 않고, 숨기지 않고, 눈멀지 않고, 삼가 상대방
을 좇아 순리로 행동하는 것이다. 시경에 말하기를,

「그분의 사귐은 허술하지 않으니

　천자께서 상을 내리신다.」

하였는데, 이런 것을 두고 한 말이다.

　問楛者, 勿告也, 告楛者, 勿問也, 說楛者, 勿聽
也, 有爭氣者, 勿與辯也. 故必由其道至, 然後接之,
非其道, 則避之. 故禮恭而後可與言道之方, 辭順而
後可與言道之理, 色從而後可與言道之致. 故未可與
言而言, 謂之傲, 可與言而不言, 謂之隱, 不觀氣色
而言, 謂之瞽. 故君子, 不傲, 不隱, 不瞽, 謹順其身.
詩曰, 匪交匪舒, 天子所予, 此之謂也.

- 楛(고) : 固와 통하여 고루(固陋)의 뜻(雙劍誃荀子新證). 苦와
　통하여 악(惡)함의 뜻으로 보기도 한다(楊倞注).
- 色從(색종) : 안색(顏色)이 종순(從順)한 것, 낯빛이 부드러운

것.

- 傲(오) : 「시끄러움」의 뜻(앞 8에 보임).
- 瞽(고) : 장님.
- 其身(기신) : 「其人」, 곧 교제하는 상대방 사람(荀子集解).
- 詩(시) : 시경 소아(小雅) 채숙(采菽)편의 일단.
- 匪(비) : 위 匪자는 시경엔 彼(저 피)자로 되어 있음.
- 舒(서) : 허술한 것.
- 予(여) : 상을 주는 것.

＊여기서는 예를 닦는데 있어서 학문하는 사람이 조심해야 할 몸가짐을 얘기하고 있다. 먼저 사람은 사귀는 사람의 말을 들어보고 이에 알맞게 행동하여야 한다는 것이다. 상대방에 따라 말할 때 말하고, 말해서는 안될 때엔 말하지 말아야 올바른 예를 파악할 수 있게 된다는 것이다.

11.

백 번 쏘아 한 번이라도 실패하면 최선의 사수(射手)라 할 수 없고, 천 리 길에 반 발자국이라도 이르지 못한다 면 최선의 수레몰이라 할 수 없듯이, 인류의 윤리(倫理)에 통하지 못하고 어짊과 의로움이 한결같지 못하다면 잘 배웠다고 할 수 없다. 학문이란 것은 본시 배운 것이 한결같아야 되는 것이다. 한 번은 잘했다 한 번은 잘 못했다 하는 것은 길거리의 보통 사람들이며, 잘 하는 것은 적고 잘 못하는 것은 많은 자는 걸주(桀紂)나 도척(盜跖)일 것이다. 배움을 온진히 하고 배움을 다한 연후에야 학자라 할 것이다. 군자는 모든 온건치 못하고 순수하지 못한 것은 아름답다고 할 수 없음을 알고 있는 것이다.

그러므로 경서를 외고 익힘으로써 이를 꿰뚫고, 사색함으로써 이에 통달하고, 옛 훌륭한 사람처럼 되도록 처신하고, 학문에 해가 되는 것은 제외함으로써 자신을 건사하고 기르며, 눈으로 하여금 옳지 않으면 보려 들지 않게 하며, 귀로 하여금 옳지 않으면 들으려 하지 않게 하며, 입으로 하여금 옳지 않으면 말하려 듣지 않게 하며, 마음으로 하여금 옳지 않으면 생각하려 들지 말게 하여야 한다. 학문의 극치에 이르러서 이를 좋아함에는 눈은 아름다운 빛깔보다도 이를 좋아하고, 귀는 아름다운 소리보다도 이를 좋아하고, 입은 달콤한 맛보다도 이를 좋아하고, 마음은 온 천하를 차지하는 것보다 이를 의롭게 여겨야 한다. 그리하여 권력과 이익으로도 그를 기울어뜨리지 못하며, 군중들도 그의 마음을 변케 하지 못하며, 온 천하도 그를 움직이지 못하게 될 것이다. 삶에 있어서도 학문을 좇고, 죽음에 있어서도 학문을 좇게 되는데, 이런 것을 가리켜 절조(節操) 있는 덕이라 말한다.

절조 있는 덕이 있은 뒤에야 마음이 안정되며, 마음이 안정된 뒤에야 주위에 적응할 수 있게 되는데, 안정되고 적응할 수 있으면 이를 일컬어 완성된 사람이라 한다. 하늘은 그의 광명함을 드러내고 땅은 그의 광대함을 드러내듯, 군자는 그의 덕의 온전함을 귀하게 여기는 것이다.

百發失一, 不足謂善射, 千里蹞步不至, 不足謂善御, 倫類不通, 仁義不一, 不足謂善學. 學也者, 固學一之也. 一出焉, 一入焉, 涂巷之人也. 其善者少, 不善者多, 桀紂盜跖也. 全之盡之, 然後學者也. 君子知夫不全不粹之不足以爲美也.

故誦數以貫之, 思索以通之, 爲其人以處之, 除其害者以持養之, 使目非是無欲見也, 使耳非是無欲聞也, 使口非是無欲言也, 使心非是無欲慮也. 及至其致好之也, 目好之五色, 耳好之五聲, 口好之五味, 心利之有天下. 是故, 權利不能傾也, 羣衆不能移也, 天下不能蕩也. 生乎由是, 死乎由是, 夫是之謂德操.

德操然後能定, 能定然後能應, 能定能應, 夫是之

謂成人.

天見其明, 地見其光, 君子貴其全也.

- 善射(선사) : 최선의 사수(射手).
- 蹞(규) : 발걸음.
- 御(어) : 수레를 몰다.
- 倫類(윤류) : 인류생활에 적용되는 윤리도덕.
- 一出焉, 一入焉(일출언, 일입언) : 한 번은 나왔다 한 번은 들어갔다 함, 한 번은 잘했다 한 번은 못했다 함.
- 涂巷(도항) : 涂는 塗(도)와 통하여 「골목 길거리」. 涂巷之人은 길거리의 보통 백성들.
- 桀(걸) : 하(夏)나라 마지막 임금으로, 포학한 정치를 하다가 상(商)나라 탕(湯)임금에게 멸망당한 사람.
- 紂(주) : 상나라 맨끝 임금으로, 고약한 정치를 하다가 주(周)나라 무왕(武王)에게 멸망당한 사람. 걸주(桀紂)는 후세 폭군(暴君)의 대명사처럼 쓰이게 되었다.
- 盜跖(도척) : 본시는 황제(黃帝)시대의 유명한 도적의 이름. 춘추(春秋)시대엔 유하혜(柳下惠)의 아우가 많은 졸개들을 거느리고 크게 도적질을 일삼아 역시 「도척」이라 불렸었다.
- 誦數(송수) : 數는 述(술)과 통하여, 「경서들을 외고 익히고 하는 것」(雙劍誃荀子新證 참조).
- 爲其人(위기인) : 옛날의 어진 사람처럼 되는 것.
- 持養(지양) : 자신을 건사하고 수양하는 것.
- 五色(오색) : 본시는 「파랑, 노랑, 빨강, 하양, 검정」의 다섯

가지 빛깔, 여기서는 아름다운 채색(彩色)을 가리킴.

- 五聲(오성) : 본시는 「궁(宮), 상(商), 각(角), 치(徵), 우(羽)」의 다섯 가지 음계(音階) 이름. 여기서는 아름다운 소리를 뜻함.
- 五味(오미) : 본시는 「매움, 신 것, 짠 것, 쓴 것, 단 것」의 다섯 가지 맛, 여기서는 여러 가지 달콤한 맛을 가리킴.
- 傾(경) : 그의 뜻을 기울어뜨리는 것.
- 移(이) : 그의 마음을 변화시키는 것.
- 蕩(탕) : 그의 마음을 움직이게 하는 것.
- 光(광) : 廣(넓을 광)과 통하여, 「광대함」의 뜻.

＊학문에 대한 결론으로서, 그는 학문은 순수하고도 완전해야 한다고 주장한다. 그의 온몸과 마음을 다하여 그의 행동이 한결같이 완전할 때 비로소 그는 학문의 완성을 기할 수 있다는 것이다. 조금이라도 마음이나 행동에 빈틈이 있어서는 안됨을 크게 강조하고 있다.

2. 수신편 修身篇

이 편에서는 완전한 인간이 되기 위하여는 어떻게 자기 몸을 닦아야 하는가를 논하고 있다. 이곳에선 특히 그 중심이 되는 군자로서 선과 불선(不善)에 대하여 어떻게 처신하여야 하는가 하는 대목과 기(氣)를 다스리고 마음을 수양하는 방법을 논한 곳과 수신을 다한 군자의 행동은 어떤가를 얘기한 세 대목을 뽑아 번역키로 하였다.

1.

선함을 보면 마음을 가다듬고 반드시 스스로 살펴보고, 선하지 못한 것을 보면 걱정스런 마음으로 반드시 스스로를 반성해야 한다. 선함이 자신에게 있으면 꿋꿋히 반드시 스스로 좋아하며, 선하지 못함이 자신에게 있으면 걱정스러운 듯이 반드시 스스로 싫어해야 한다. 그러므로 나를 비난하면서도 올바른 사람은 나의 스승이고, 나를 옳게 여기면서도 올바른 사람은 나의 친구이고, 나에게 아첨하는 자는 나를 해치는 자인 것이다.

그러므로 군자는 스승을 높이고 벗과 친하게 지내며, 그를 해치는 자를 극히 미워하며, 선을 좋아함에 싫증나지 않고, 충고를 받아들여 훈계를 삼을 줄 안다. 비록 발전하지 않으려 한다 해도 안할 수가 있겠는가! 소인(小人)은 이와 반대로 심히 난동을 부리면서도 남들이 자기를 비난하는 것을 싫어하고, 매우 못났으면서도 남들이 자기를 어질다고 여겨주기 바란다. 마음은 호랑이나 승냥이 같고 행동은 금수 같으면서도, 또한 남들이 자기를 해치는 것을 싫어한다. 아첨하는 자와는 친하고 과감히 충고하는 자는 멀리하며, 수양을 쌓은 올바른 사람을 비웃음거리로 삼고 지극히 충성된 사람이 자기를 해치는 자라고 여긴다. 비록 멸망하지 않으려 한다 해도 안할 수가 있겠는가!

시경에 말하기를,

「걱정 매우하되 생각과 어긋나니

또한 매우 슬프도다.

계책이 좋은 것은

모두 어기어 쓰지 않고,

계책이 좋지 못한 것은

모두 따라 쓰네.」

라 하였는데, 이것을 말한 것이다.

見善, 修然必以自存也, 見不善, 愀然必以自省也. 善在身, 介然必以自好也, 不善在身, 菑然必以自惡也. 故非我而當者, 吾師也, 是我而當者, 吾友也, 諂

諛我者, 吾賊也.

故君子, 隆師而親友. 以致惡其賊, 好善無厭, 受
諫而能誡, 雖欲無進得乎哉! 小人反是, 致亂而惡
人之非己也, 致不肖而欲人之賢己也, 心如虎狼, 行
如禽獸, 而又惡人之賊己也, 諂諛者親, 諫爭者疏,
修正爲笑, 至忠爲賊, 雖欲無滅亡得乎哉!

詩曰, 噏噏呰呰, 亦孔之哀. 謀之其臧, 則具是違,
謀之不臧, 則具是依. 此之謂也.

- 修然(수연) : 마음을 가다듬는 모양.
- 存(존) : 察(찰)과 같은 뜻. 살펴보다.
- 愀然(초연) : 근심, 걱정하는 모양.
- 介然(개연) : 마음이 굳은 모양.
- 菑然(재연) : 재앙을 당하여 걱정하는 모양. 菑는 災(재앙 재)
  자와 통함.
- 諂諛(첨유) : 아첨하는 것.
- 賊(적) : 해치는 것.
- 致(치) : 여기서는 모두 極(극)과 같은 뜻으로 쓰여 「극히」,
  「심히」, 「매우」의 뜻.
- 厭(염) : 싫어하는 것.
- 諫(간) : 윗사람에게 올바른 말을 해주는 것, 충고하는 것.
- 不肖(불초) : 못난 것.
- 諫爭(간쟁) : 애써 간하는 것, 한사코 충고하는 것.

- 疏(소) : 멀리하는 것.
- 詩曰(시왈) : 시경 소아(小雅) 소민(小旻)편에 있는 일단임.
- 噏噏(흡흡) : 여럿이 나쁜 모의를 하는 모양.
- 呰呰(자자) : 서로 욕하는 모양.
- 孔(공) : 「심히」, 「매우」.
- 謀(모) : 계획, 계책.
- 臧(장) : 善(선)의 뜻. 훌륭한 것.
- 具(구) : 모두, 다, 언제나.

*사람은 선을 보면 배우려 들고, 선하지 못한 것을 보면 그
것을 거울삼아 자기 자신을 반성하는 태도를 지녀야 한다. 그
러자면 선함과 선하지 않음을 분명히 구별할 줄 아는 능력이
있어야 한다. 자기 뜻에 반하거나 자기를 비난하는 일이 있더
라도, 우리는 그것이 올바른가 바르지 못한가를 가리어 이에
대처해야만 된다. 자기에게 바른 충고를 해주는 사람을 존경하
고, 올바른 친구들과 사귀며, 아첨하는 자들을 멀리하면 군자가
될 수 있다. 그러지 못하면 소인이 됨은 물론이다. 사람이 자기
몸을 닦는데 있어서는 이러한 선함과 선하지 못함을 분별하여
행동하는 일이 가장 중요하다는 것이다.

2.

기(氣)를 다스리고 마음을 수양하는 방법은, 혈기(血氣)가 굳세면, 곧 조화시킴으로써 부드럽게 한다. 지혜와 생각이 너무 깊으면, 곧 평이하게 함으로써 단순하게 한다. 용감하고 사나우면, 곧 순하게 인도함으로써 돕는다. 너무 잽싸고 서두르면, 곧 행동거지(居止)를 절제한다. 마음이 좁고 옹졸하면, 곧 넓고 크게 키워준다. 비굴하고 느슨하며 이익을 탐하면 높은 뜻으로써 드높혀 준다. 용렬하고도 아둔하면, 곧 스승과 벗으로서 그 성질을 없애 버린다. 게으르면서도 경박하면, 곧 재앙으로 경고하여 밝혀준다. 어리석도록 정성스럽고 우직하면, 곧 예와 음악으로써 알맞게 해주고 사색함으로써 융통성 있게 한다. 모든 기를 다스리고 마음을 기르는 방법은 예를 따르는 것보다 더 지름길은 없고, 스승을 얻는 것보다 더 중요한 것은 없으며, 좋아하는 것을 한결같이 하는 것보다 더 신통한 것은 없다. 대체로 이상과 같은 것을, 기를 다스리고 마음을 기르는 방법이라 할 것이다.

治氣養心之術, 血氣剛强, 則柔之以調和, 知慮漸深, 則一之以易良, 勇膽猛戾, 則輔之以道順, 齊給

便利, 則節之以動止, 狹隘褊小, 則廓之以廣大, 卑
濕重遲貪利, 則抗之以高志, 庸衆駑散, 則劼之以師
友, 怠慢僄弃, 則炤之以禍災, 愚款端愨, 則合之以
禮樂, 通之以思索. 凡治氣養心之術, 莫徑由禮, 莫
要得師, 莫神一好. 夫是之謂治氣養心之術也.

- 氣(기) : 사람이 지니고 있는 기질. 기분, 같은 기운.
- 漸深(점심) : 지나치게 깊은 것.
- 易良(이량) : 안이(安易), 평이(平易)의 뜻.
- 膽(담) : 담이 큰 것.
- 猛(맹) : 사나움.
- 戾(려) : 성질이 고약한 것.
- 齊給(제급) : 齊는 疾(빠를 질), 給은 急(급할 급)과 통하여, 서
  두르는 것.
- 便利(편리) : 여기서는 「잽싸다」는 뜻.
- 狹隘(협애) : 마음이 좁은 것.
- 褊小(변소) : 마음이 옹졸한 것.
- 廓(곽) : 연다는 뜻.
- 卑濕(비습) : 행동이 비굴한 것.
- 重遲(중지) : 마음이 느슨한 것.
- 抗(항) : 높이는 것.
- 庸衆(용중) : 용렬한 것.
- 駑散(노산) : 아둔한 것.

- 刼(겁) : 없애버리는 것.
- 儦弃(표기) : 행동이 경박한 것.
- 炤(소) : 밝힌다는 뜻.
- 款(관) : 정성스럽다는 뜻.
- 端愨(단각) : 우직한 것.

＊사람의 마음을 수양하는데 있어서 그가 지닌 기(氣)를 다스리고 마음을 기른다는 일은 무엇보다도 중요하다. 이 단에서는 그 방법을 구체적으로 설명하고 있다.

3.

군자는 가난하여도 뜻이 넓고, 부귀하여도 몸가짐이 공손하다. 편안히 즐길 때에도 혈기가 놓여나지 않고, 고단하더라도 용모가 이그러지지 않는다. 노엽다고 지나치게 뺏지 아니하고, 기쁘다고 해서 지나치게 주지 않는다.

군자가 가난하면서도 뜻이 넓은 것은 어짊을 존중하기 때문이다. 부귀하여도 몸가짐이 공손한 것은 위세를 죽이려는 것이다. 편안히 즐길 때에도 혈기가 놓여나지 않는 것은 사리(事理)를 분별할 줄 알기 때문이다. 고단하여도 용모가 이그러지지 않는 것은 사귐을 좋아하기 때

문이다. 노엽다고 지나치게 뺏지 아니하고, 기쁘다고 해
서 지나치게 주지 않는 것은, 법도가 사사로움을 이기고
있기 때문이다.

시경(書經)에 말하기를,

「자기만 좋아하는 일을 하지 말고 임금의 도리를 따를
것이며,

자기만 싫어하는 일을 하지 말고 임금의 길을 따르
라.」

하였다. 이것은 군자란 공의(公義)로써 사사로운 욕심을
이겨낼 수 있음을 말한 것이다.

君子貧窮而志廣, 富貴而體恭, 安燕而血氣不惰,
勞勌而容貌不枯, 怒不過奪, 喜不過予.

君子貧窮而志廣, 隆仁也, 富貴而體恭, 殺執也,
安燕而血氣不惰, 柬理也, 勞勌而容貌不枯, 好交也,
怒不過奪, 喜不過予. 是法勝私也.

書曰, 無有作好, 遵王之道, 無有作惡, 遵王之路.
此言君子之能以公義勝私欲也.

• 燕(연) : 즐긴다는 뜻.

- 惰(타) : 혈기불타(血氣不惰)는 혈기를 따라 멋대로 놀아나지 않는다는 뜻.
- 劬(권) : 고단하다는 것.
- 枯(고) : 얼굴 모습이 일그러지는 것.
- 予(여) : 준다는 뜻임.
- 執(세) : 권세, 세(勢)와 같은 자.
- 柬(간) : 간리(柬理)는 사리를 잘 분별하여 처신하는 것.
- 書曰(서왈) : 서경(書經) 주서(周書) 홍범(洪範)편에 있는 말.
- 作好(작호) : 자기만이 좋아하는 짓을 하는 것. 作惡(작악)은 그 반대.
- 遵(준) : 따른다는 뜻.

*여기서는 수신을 다한 군자의 성격에 대하여 설명하고 있다. 군자는 자기의 처지보다도 언제나 공의(公義)에 입각해서 생각하고 행동한다는 것이다.

순자

제2권

3. 불구편不苟篇

순자가 살고 있던 시대에는 공자의 가르침을 받으러 교양있는 이상적인 지식인인 군자는 과연 어떤 사람인가 하는 의논이 한창 유행했었다. 이 편에선 그러한 시대풍조를 따라 주로 군자는 어떤 사람인가를 논하고 있다. 제목의 「불구」는 군자의 성격으로서 순자가 첫째로 들고 있는 행동이나 말에 있어서 「구차하지 않다.」는 뜻을 지닌 것이다. 군자는 은(殷)나라 시대의 신도적(申徒狄)처럼 세상에 올바른 도리가 행하여지지 않는다면 물에 몸을 던져 죽을 만한 당당한 마음가짐을 지녀야만 한다. 명예나 이익 때문에 구차한 짓을 해서는 안된다는 것이다.

또 이러한 군자의 행동은 예에 합당하여야만 한다. 산과 못은 크게 보면 다 같이 평평하다거나 계란에 이미 털이 있다는 얘기를 한 혜시(惠施)나 등석(鄧析) 같은 궤변가(詭辯家)는 뛰어난 지혜와 재주를 갖고 있다. 또 도척(盜跖) 같은 큰 도적은 요순(堯舜) 같은 임금 못지 않은 명성을 지니고 있다. 그럼에도 이들이 존경받지 못하는 것은 그들의 말이나 행동이 예의에 어긋나기 때문이라는 것이다. 그러니 뛰어난 재주나 명석한 머리나 커다란 명성만으로는 군자가 될 수 없다는 것이다. 이 밖에도 「군자는 알기는 쉽지만 함께 장난하긴 어렵다.」, 「군자는 능력이 있어도 좋고 없어도 좋다.」,「군자는 남의 덕을 존경하고 남의 좋은 점을 칭찬하며, 아첨하지 않는다.」,「군자가 마음이 크면 하늘과 합치되는 행동을 하고 올바른 도를 따르며, 마음이 작으면 의로움을 두려워하고 절조를 지킨다. 지혜가 있으면 모든 일에 밝고 사리에 통달하며 모든 일에 조화되며, 어리석으면 단정하고 정성스러우면서 법을 지킨다.」는 등의 말을 하고 있다. 이에 의하면 군자는 타고난 재주가 어떻든 아무 상관도 없으며, 그의 학문을 통하여 이룩된다는 것이다. 여기에서 유가(儒家)들이 생각하는 이상적인 인간상(人間像)을 엿볼 수 있을 것이다. 군자는 일하는 능력이나 알고 있는 지식과는 큰 상관이 없다는 것이다.

또「군자가 마음을 지키는데 있어서는 정성(誠)보다 더 좋은 것이 없다. 정성을 다하면 다른 사고가 없을 것이다. 오직 어짊(仁)만을 지키고, 오직 의로움(義)만을 행한다. …하늘과 땅은 크지만 정성되지 못하면 만물을 변화시키지 못하며, 성인은 지혜가 있지만 정성되지 못하면 만백성들을 교화시키지 못한다. 아버지와 자식은 친하지만 정성되지 못하면 멀어지고, 임금은 존귀하지만 정성되지 못하면 친해진다. 정성이란 것은 군자들이 지켜야 할 것이며, 정사(政事)의 근본이 되는 것이다.」고도 주장하고 있다. 이것은 모두 「중용(中庸)」에서 말하고 있는 「정성」과 같은 내용의 것이다.

또 「군자는 자리는 높으면서도 뜻은 공손하고, 마음은 작으면서도 지키는 도(道)는 크다. 직접 듣고 보는 것은 가깝지만, 듣고 보아 알고 있는 것은 멀다.」고 하면서 「하늘과 땅의 시작은 바로 오늘날과 같은 것이고, 모든 임금의 도리는 바로 현 임금(後王)의 도와 같다.」고도 하였다. 이것은 옛 훌륭한 임금들의 이상적인 정치는 바로 지금 임금에게도 계승되어 현실에 알맞게 실현되어야 한다는 순자의 독특한 「후왕사상(後王思想)」인 것이다. 이 밖에도 군자의 성격에 대하여 여러 가지 상세한 설명을 하고 있으나, 이런 것은 모두 논어(論語)나 맹자(孟子)를 비롯한 여러 가지 유가의 경전에서도 흔히 발견되는 얘기들임으로, 여기에 번역하는 것을 생략한다.

4. 영욕편榮辱篇

영예와 치욕은 사람들이 살아나가면서 가장 많은 관심을 지니게 되는 문제이다. 이 편의 앞부분에서는 영예와 치욕이 생기게 되는 원인을 구체적으로 서술하고, 뒷부분에서는 좀 더 대국적(大局的)인 견지에서 그 원인들을 개괄적으로 논하고 있다. 여기에는 그 중심이 되는 영예와 치욕의 원리 및 편안함과 위태로움의 원칙에 관한 문제들을 서술한 대목과, 사람의 성품과 지능에는 본시 군자와 소인의 구별이 없다는 주장을 하는 대목과, 여러 사람이 모여 살면서 하나로 조화되는 길을 얘기한 결론적인 대목 세 부분만을 번역하기로 한다.

1.

영예와 치욕의 원리 및 편안함과 위태로움의 이롭고 해로운 원칙은 다음과 같다. 의로움을 앞세우고 이익을 뒤로 미루는 사람은 영예롭고, 이익을 앞세우고 의로움을 뒤로 미루는 자는 치욕을 받는다. 영예로운 사람은 언제나 형통(亨通)하지만 치욕된 자는 언제나 궁하다. 형통하는 사람은 언제나 남을 제압하지만 궁한 자는 언제나 남에게 제압당한다. 이것이 영예와 치욕의 원리인 것이다.

성격이 성실한 사람은 언제나 편안하고, 이롭지만 방탕하고 사나운 자는 언제나 위태롭고 해를 입는다. 편안하고 이로운 사람은 언제나 즐겁고 평이(平易)하지만, 위태롭고 해를 입는 자는 언제나 근심스럽고 위험하다. 즐겁고 평이한 사람은 언제나 오래 살지만, 근심스럽고 위험한 자는 언제나 일찍 죽는다. 이것이 편안함과 위태로움의 이롭고 해로운 원칙인 것이다.

　榮辱之大分, 安危利害之常體. 先義而後利者榮, 先利而後義者辱, 榮者常通, 辱者常窮, 通者常制人, 窮者常制於人. 是榮辱之大分也.

　材慤者常安利, 蕩悍者常危害. 安利者常樂易, 危害者常憂險, 樂易者常壽長, 憂險者常夭折. 是安危利害之常體也.

- 大分(대분) : 크게 나뉘어지는 바탕이 되는 것, 곧 원리(原理).
- 常體(상체) : 일정한 모양, 곧 원칙(原則).
- 材(재) : 재성(材性)의 뜻.
- 慤(각) : 정성.
- 蕩(탕) : 방탕의 뜻.
- 悍(한) : 독살스럽고 사납다는 뜻.
- 易(이) : 평이(平易)의 뜻.
- 夭折(요절) : 나이가 어려서 일찍 죽는 것.

*영예와 치욕의 구분은 사람의 마음가짐에서 비롯된다. 의로움을 이익보다 먼저 내세우면 영예롭게 되고, 그렇지 못하면 치욕을 당하게 된다. 영예로운 사람은 만사에 형통하고 남 위

에 올라서지만, 치욕된 사람은 그 반대가 된다는 것이다.

따라서 영예로운 사람은 성실하기 때문에 언제나 편안하고 이로우며, 즐겁고 무사하며 오래 살고, 치욕된 사람은 그 반대이다. 이것은 영예와 치욕의 원리이며, 이에 따른 편안하고 위태롭고 하는 원칙이라는 것이다.

2.

재성(材性)과 지능에 있어서는 군자와 소인이 똑같은 것이다. 영예를 좋아하고 치욕을 싫어하며, 이로움을 좋아하고 해로움을 싫어하는 것도 군자와 소인이 다 같은 것이다. 그러나 그들이 그것들을 추구하는 근거가 되는 방법에 있어서는 다른 것이다.

소인이란 허망한 짓에 힘쓰면서도 남들이 자기를 믿어주기 바라고, 속이는 짓에 힘쓰면서도 남들이 자기와 친해지기를 바라며, 금수와 같은 행동을 하면서도 남들이 자기를 착하다고 하기 바란다. 생각하는 것은 이해하기 어렵고, 행동은 안정되기 어렵고, 처신은 바로 서기 어렵다. 마침내는 곧 그가 좋아하는 것을 반드시 얻지 못하고 그가 싫어하는 것을 반드시 맞게 될 것이다.

그러나 군자는 신용이 있으면서 또 남이 자기를 믿어

주기 바라며, 충실하면서도 또 남이 자기와 친해지기를 바라며, 올바르게 몸을 닦고 분별있게 일을 처리하면서 남들이 자기를 착하다고 해주기 바란다. 생각하는 것은 이해하기 쉽고, 행동은 안정되기 쉬우며, 처신은 바로 서기 쉽다. 마침내는 곧 그가 좋아하는 것을 반드시 얻게 되고, 그가 싫어하는 것은 반드시 만나지 않게 될 것이다. 그러므로 궁하다 하더라도 명망이 숨겨지지 않고, 뜻대로 통할 때에는 크게 밝혀지며, 몸은 죽어도 이름은 더욱 뚜렷해질 것이다. 소인들은 목을 빼고 발뒤꿈치를 들고 우러르면서 지혜와 생각 및 재성은 본시 군자란 남보다 현명한 것이 있었다고 말하지 않는 이가 없다. 그들은 자기네와 다를 것이 없다는 것을 알지 못하는 것이다. 말하자면 군자는 일에 대한 조치(措置)가 합당했고, 소인은 일에 대한 조치가 글렀기 때문이다.

그러므로 소인의 지능을 잘 살펴보면 군자가 하는 일을 할 수 있고도 남음이 있음을 충분히 알 것이다. 비유를 하면, 월(越)나라 사람은 월나라에 편히 살고, 초(楚)나라 사람은 초나라에 편히 살며, 군자는 중원(中原)땅에 편히 삶과 같은 것이니, 이것은 지능과 재성이 그렇게 만드는 것이 아니라, 일에 대한 조치와 습속에 의하여 적합하게도 되고 다르게도 되는 것이다.

材性知能, 君子小人一也. 好榮惡辱, 好利惡害,
是君子小人之所同也. 若其所以求之之道則異矣.

小人也者, 疾爲誕, 而欲人之信己也, 疾爲詐, 而
欲人之親己也, 禽獸之行, 而欲人之善己也, 慮之難
知也, 行之難安也, 持之難立也, 成則必不得其所好,
必遇其所惡焉.

故君子者, 信矣而亦欲人之信己也, 忠矣而亦欲人
之親己也, 修正治辨矣而亦欲人之善己也, 慮之易知
也, 行之易安也, 持之易立也, 成則必得其所好, 必
不遇其所惡焉. 是故, 窮則不隱, 通則大明, 身死而
名彌白. 小人莫不延頸擧踵, 而願曰知慮材性, 固有
以賢人矣. 夫不知其與己無以異也. 則君子注錯之
當, 而小人注錯之過也.

故孰察小人之知能, 足以知其有餘可以爲君子之
所爲也. 譬之越人安越, 楚人安楚, 君子安雅. 是非
知能材性然也, 是注錯習俗之節異也.

• 材性(재성) : 타고난 재능과 성품.

- 疾(질) : 여기서는 힘쓰는 것.
- 誕(탄) : 속인다는 것.
- 詐(사) : 속인다는 것.
- 持(지) : 자기 몸을 지탱하는 것.
- 辨(변) : 분별한다는 것.
- 白(백) : 뚜렷이 드러나는 것, 밝아지는 것.
- 頸(경) : 목.
- 踵(종) : 발뒤꿈치.
- 願(원) : 여기서는 우러러 흠모하는 것.
- 賢人(현인) : 남보다 현명한 것, 남보다 뛰어난 것.
- 注錯(주조) : 조치(措置)와 같은 말, 곧 어떤 일에 대비하여 조치하는 것(楊倞의 注).
- 孰(숙) : 熟(익을 숙)과 같은 자. 익히, 잘.
- 譬(비) : 비유한다는 것.
- 越(월) : 초(楚)나라와 함께 중국 남쪽의 옛날에는 미개했던 나라.
- 雅(아) : 하(夏)와 통하여 「중하(中夏)」, 「중국(中國)」의 뜻.
- 節異(절이) : 適異(적이)와 같은 말, 곧 「적합한 것과 다른 것」 (荀子集解).

*군자나 소인이나 사람이란 타고난 성품과 지능에는 본시 차별이 없다. 다만 사람에 따라 그의 마음가짐과 태도가 다르기 때문에 어떤 사람은 군자가 되고, 어떤 자는 소인이 된다는

것이다. 군자들의 덕성으로는 대개 신용과 충실과 올바른 수양을 닦아 분별 있게 일을 처리하는 것 등이 있다. 이러한 덕성이 습성이 되면 군자가 되고, 그렇지 못하면 소인이 된다는 것이다.

3.

귀하게 천자가 되고 부하기로는 온 세상을 차지한다는 것은 사람들의 감정으로서는 다 같이 바라는 바이다. 그러하니 사람들의 욕심을 따른다면, 곧 권세는 다 받아들여질 수가 없고 물건은 충분할 수가 없을 것이다. 그러므로 옛 임금께서는 생각하신 끝에 이를 위하여 예의를 제정함으로써 이에 분별을 마련하여 귀하고 천한 등급이 있게 하고, 어른과 아이의 차별을 두게 하고, 지혜 있는 이와 어리석은 이의 능력 있고 능력 없는 분별을 마련하셨다. 언제나 사람들로 하여금 그들의 일을 맡게 함으로써 각기 그의 합당함을 얻게 하셨다. 그러한 뒤에야 녹(祿)으로 받는 곡식이 많고, 적고, 두텁고, 엷은 균형이 있게 된 것이다. 이것이, 곧 여러 사람이 모여 살면서 하나로 조화되는 도리인 것이다.

그러므로 어진 사람이 윗자리에 있으면 곧 농군은 힘

써 밭을 갈고, 상인은 잘 살피어 재물을 늘이고, 여러 공
인(工人)들은 기술로써 기계를 활용한 것이다. 사대부(士
大夫) 이상부터 제후(諸候)들에 이르기까지는 모두가 인
후(仁厚)함과 지혜와 능력으로써 그들의 관직을 다한 것
이다. 이것을 가리켜 지극한 공평함이라 하는 것이다. 그
럼으로 어떤 이는 온 세상을 녹으로 받아도 스스로 많다
고 여기지 않고, 어떤 이는 문 관리자나 객사(客舍)지기ㆍ
문지기ㆍ야경꾼이 되어도 스스로 녹이 적다고 여기지 않
는다. 그래서 「잘라서 가지런히 하고 굽히어 따르게 하
여, 같지 않으면서도 하나로 된다.」 하였는데, 이것을 일
컬어 인륜(人倫)이라 하는 것이다.

　시경에 말하기를,

　「작은 홀(圭) 큰 홀 쥔 이들을 받아들여

　세상의 나라들을 크게 두터이 하여 준다.」

하였는데, 이것을 두고 말한 것이다.

　夫貴爲天子, 富有天下, 是人情之所同欲也. 然則,
從人之欲, 則勢不能容, 物不能贍也. 故先王案, 爲
之制禮義以分之, 使有貴賤之等, 長幼之差, 知愚能
不能之分, 皆使人載其事, 而各得其宜, 然後使慤綠

多少厚薄之稱. 是夫羣居和一之道也. 故仁人在上,
則農以力盡田, 賈以察盡財, 百工以巧盡械器, 士大
夫以上, 至於公侯, 莫不以仁厚知能盡官職. 夫是之
爲至平. 故或祿天下而不自以爲多, 或監門, 御旅,
抱關, 擊柝, 而不自以爲寡. 故曰斬而齊, 枉而順, 不
同而一. 夫是之謂人倫. 詩曰, 受小共大共, 爲下國
駿蒙. 此之謂也.

- 埶(세) : 勢와 같은 자.
- 贍(섬) : 넉넉하다는 뜻.
- 案(안) : 상고한다는 뜻.
- 載(재) : 任(맡길 임)의 뜻(荀子集解).
- 慤綠(각록) : 慤은 穀(곡식 곡)으로 씀이 옳으며, 따라서 「녹으
  로 받는 곡식」의 뜻(荀子集解).
- 稱(칭) : 균형이 잡히는 것.
- 賈(고) : 상인.
- 百工(백공) : 여러 공인(工人)들.
- 士大夫以上, 至於公侯(사대부이상, 지어공후) : 벼슬하는 모든
  사람들을 가리킴. 士大夫(사대부)는 보통 벼슬자리에 있는
  사람들, 公侯(공후)는 작위(爵位)를 받은 제후(諸侯)들.
- 祿天下(녹천하) : 온 천하를 녹으로 삼는다. 이는 천자(天子)
  를 가리켜 한 말임.
- 監門(감문) : 문을 주관하는 사람.

- 御旅(어려) : 객사(客舍:여관)를 주관하는 사람.
- 抱關(포관) : 문지기.
- 擊柝(격탁) : 작대기 두드리는 야경꾼.
- 故曰(고왈) : 옛날부터 있던 속담을 인용한 것이다.
- 詩曰(시왈) : 시경 은송(殷頌) 장발(長發)시에 있는 대목.
- 小共大共(소공대공) : 공은 執(잡을 집)과 통하여, 천자를 뵈올 때 신하들이 들고 있는 구슬로 된 홀(笏)을 가리킴. 따라서 「작은 홀을 든 이, 큰 홀을 든 이」, 곧 「높고 낮은 신분의 신하들」(鄭玄의 箋참조).
- 下國(하국) : 제후들의 나라.
- 駿(준) : 큰 것.
- 蒙(몽) : 시경에는 厖(두터울 방)으로 쓰여 있으며, 뜻이 서로 통한다. 보호하다. 돌보아 주다.

*높은 벼슬하며 잘 살려는 욕망은 모든 사람이 다 같이 갖고 있다. 이러한 사람들의 욕망은 한꺼번에 충족될 수 없는 것임으로, 옛 성인들은 사람들의 신분·나이·능력 등을 구분하여 이에 알맞은 일과 행동을 하도록 하는 제도를 마련하였다. 그래서 농군은 농사짓고, 상인은 장사하고, 공인은 물건을 만들고, 벼슬아치는 나랏일을 맡아 처리하게 되었다. 그리고 그들이 받는 보수도 능력과 지위에 따라 차별을 지어주었다. 이러한 「지극한 평형(至平)」을 통하여 「여러 사람들이 모여 살면서 하나로 조화되는 길(羣居和一之道)」이 이루어졌다는 것이다.

순자

제3권

5. 비상편非相篇

　사람의 관상으로 운명을 판단함이 옳지 않음을 주장한 편이
다. 사람의 길흉은 그 사람의 몸가짐, 마음가짐에 따라 결정되는
거지 타고난 겉모양에 따라 결정되는 것은 아니라는 것이다. 뒷
부분의 예의 중요성과 후왕사상(後王思想) 및 군자로서의 변설(辯
說)의 중요성과 그 어려움을 얘기한 대목은 번역을 생략키로 한
다.

1.

사람의 관상 보는 일은 옛사람들에게도 없었고 학자들도 얘기하지 않았다. 옛날에는 고포자경(姑布子卿)이란 이가 있었고, 현재에는 양(梁)나라에 당거(唐擧)란 이가 있어서, 사람의 형상과 안색을 보고서 그의 길하고 흉함과 요사스럽고 상서로움을 알았다. 세상에서는 이것을 칭찬하지만, 옛날 사람들에게도 없었고 학자들도 얘기하지 않은 일이다.

그런데 형상을 보는 것은 마음을 논하는 것만 못하고, 마음을 논하는 것은 행동 방법을 잘 가리는 것만 못하다. 형상은 마음만은 못하고, 마음은 행동 방법만은 못하다. 행동 방법이 바르면 마음은 이에 따르는 것이니, 곧 형상이 비록 나쁘다 하더라도 마음과 행동 방법만 훌륭하다면 군자가 되는 데에 아무런 방해도 되지 않는 것이다.

형상이 비록 훌륭하다 하더라도 마음과 행동 방법이 나쁘면 소인이 되는 데에 아무런 방해도 되지 않는 것이다. 군자는 길하다 했고 소인은 흉하다 하였으니, 길고 짧고 작고 크고 훌륭하고 나쁜 형상이 길하고 흉한 것은 아니다. 관상은 옛날 사람에게도 없었고 학자들도 얘기하지 않은 것이다.

相人, 古之人無有也, 學者不道也. 古者有姑布子卿, 今之世梁有唐擧, 相人之形狀顏色, 而知其吉凶妖祥. 世俗稱之, 古之人無有也, 學者不道也.

故相形不如論心, 論心不如擇術. 形不勝心, 心不勝術. 術正而心順之, 則形相雖惡, 而心術善, 無害爲君子也. 形相雖善, 而心術惡. 無害爲小人也. 君子之謂吉, 小人之謂凶, 故長短小大善惡形相, 非吉凶也. 古之人無有也, 學者不道也.

- 相人(상인) : 사람의 관상을 보고 길흉(吉凶)과 화복(禍福)을 판단하는 것.
- 姑布子卿(고포자경) : 고포가 성이고, 자경은 이름. 조(趙)나라 양자(襄子)와 공자(孔子)의 관상을 보아 알아맞혔다고 한다. 「포자경」으로 쓰인 책도 있다.

- 唐擧(당거) : 전국(戰國)시대 위(魏)나라 사람. 이태(李兌), 채택(蔡澤) 같은 사람들의 관상을 보아 알아맞혔다 한다.
- 妖祥(요상) : 요사스러움과 상서러움, 곧 화복(禍福)과 비슷한 말임.
- 術(술) : 도술(道術)의 뜻으로써 행동 방법.

* 이 단에선 관상이 근거없는 일임을 논하고 있다. 사람에게 중요한 건 그의 마음과 태도이지 겉모양이 아니라는 것이다.

2.

요임금은 키가 컸고 순임금은 작았으며, 주(周)나라 문왕은 키가 컸고 주공(周公)은 작았으며, 공자는 키가 컸고 자궁(子弓)은 작았다.

옛날 위(衛)나라 영공(靈公)에게 공손려(公孫呂)라는 신하가 있었는데, 신장은 일곱 자요 얼굴 길이는 석 자에다 넓이는 세치였는데, 거기에 코·눈·귀가 갖추어져 있었으나 이름을 온 세상에 떨쳤었다. 초(楚)나라의 손숙오(孫叔敖)는 기사(期思)란 고을의 촌사람인데, 튀어나온 대머리에다 왼팔이 길었으나, 수레에 기대앉은 채로 초나라의 패업(覇業)을 이룩하였다. 섭공자고(葉公子高)는 몸집이 작고 몸이 말라서 걸을 때에는 그의 옷도 이기지 못하는 것 같았다. 그러나 백공의 난(白公之亂) 때에는 영윤(令尹)인 자서(子西)와 사마(司馬)인 자기(子期)가 모두 죽었을 때, 섭공자고는 초나라로 들어가 그곳을 근거로 하여 백공을 죽이어 초나라를 안정시키기를 손바닥 뒤집듯하였다. 이들의 어질고 의로움과 공적과 명성은 후세에까지도 훌륭히 전해지고 있다.

그러므로 일하는데 있어서는 키 큰 것을 헤아리지 않고, 몸집 큰 것을 상관하지 않으며, 몸 가볍고 무거운 것을 따지지 않으며, 역시 사람의 뜻으로 해야 한다. 키 크고 작고, 몸집이 작고 크고, 잘나고 못난 형상이야 어찌 논할 것인가!

蓋帝堯長, 帝舜短, 文王長, 周公短, 仲尼長, 子弓短.

昔者, 衛靈公有臣曰公孫呂, 身長七尺, 面長三尺, 焉廣三寸, 鼻目耳具, 而名動天下. 楚之孫叔敖, 期思之鄙人也, 突禿長左, 軒較之下而以楚霸. 葉公子高, 微小短瘠, 行若將不勝其衣, 然白公之亂也, 令尹子西, 司馬子期, 皆死焉, 葉公子高入據楚, 誅白

公, 定楚國, 如反手爾. 仁義功名, 善於後世.

故事不揣長, 不揳大, 不權輕重, 亦將志乎爾! 長
短小大美惡形相, 豈論也哉!

- 周公(주공) : 주공 단(旦). 주나라를 세운 무왕(武王)의 아우이
  며, 어린 성왕(成王)을 보좌하여 여러 가지 제도를 마련함으
  로써 주나라의 기틀을 잡아놓았다. 뒤에 노(魯)나라의 창건
  자가 되었다.
- 仲尼(중니) : 공자의 자(字).
- 子弓(자궁) : 중궁(仲弓)의 자(字). 공자의 제자 중의 한 사람.
- 焉(언) : 발어사(發語辭)로서 별 뜻은 없다.
- 期思(기사) : 초나라의 고을 이름, 지금의 하남성(河南省) 고
  시현(固始縣) 지방.
- 鄙人(비인) : 시골 사람, 촌 사람.
- 突禿(돌독) : 머리가 튀어나오고 대머리인 사람.
- 長左(장좌) : 왼팔이 긴 것.
- 軒較之下(헌교지하) : 軒은 수레 이름. 較는 수레 양편에 가로
  댄 나무. 따라서 이 말은 수레를 타고 옆에 기대어 앉은 것.
  손숙오가 무력을 쓰지 않고 수레에 앉은 채 지략으로 초나
  라의 패업(霸業)을 이룩케 한 것을 뜻함.
- 霸(패) : 패업(霸業)을 이루는 것, 다른 여러 나라들을 힘으로
  누르고 우두머리가 되는 것.
- 葉公子高(섭공자고) : 섭은 초나라에 있는 조그만 나라 이름.
  자고는 섭나라 임금이었음으로 섭공자고라고 부른다.

- 微小(미소) : 몸집이 약하고 조그만 것.
- 短瘠(단척) : 키가 작고 깡마른 것.
- 白公之亂(백공지란) : 백공승(白公勝)이 일으킨 반란. 그의 아버지는 초나라 평왕(平王)의 태자였는데, 정(鄭)나라로 난을 피해 갔다가 죽음을 당하였다. 백공승은 자기 아버지의 원수를 갚으려 하였는데, 이때 초나라는 정나라와 사이가 좋았다. 그래서 백공은 평왕의 아들인 영윤(令尹, 재상) 자서(子西)와 사마(司馬, 국방장관) 자기(子期)의 두 사람을 죽이고, 초나라 혜왕(惠王)을 협박하여 나라의 실권을 쥐었다. 그러나 초나라로 들어온 섭공자고의 반격에 져서 백공은 자살하고 말았다(春秋左氏傳哀公 一六年).
- 誅(주) : 벤다는 뜻. 죽이다.
- 揣(취) : 헤아리는 것.
- 長(장) : 키 큰 것.
- 揳(설) : 역시 헤아리는 것, 상관하는 것(楊倞注).
- 大(대) : 몸집이 큰 것.
- 權(권) : 저울로 단다는 뜻.

  *여기서는 옛 어진 사람들의 실제 보기를 들어, 사람의 형상은 그 사람의 길흉화복(吉凶禍福)과 상관 없음을 설명하고 있다. 못생기고 괴상한 사람들 가운데도 훌륭한 공적을 남긴 사람이 많으니, 사람의 겉모양과 운명은 상관없다는 것이다. 사람에게 가장 중요한 것은 생김새보다도 그 사람이 지닌 뜻임을

강조한다.

3.

또한 서(徐)나라 언왕(偃王)의 모습은 눈으로 말머리를
바라볼 만큼 앞곱추였고, 공자의 모습은 얼굴이 방상씨
(方相氏) 가면(假面) 같았고, 주공의 모습은 부러진 마른나
무 같았고, 고요(皐陶)의 모습은 얼굴빛이 깎아놓은 오이
같았고, 굉요(閎夭)의 모습은 얼굴에 살갗이 보이지 않을
정도로 털이 많았고, 부열(傅說)의 모습은 몸이 등지느러
미를 세운 물고기 같았고, 이윤(伊尹)의 모습은 얼굴에 수
염도 눈썹도 없었으며, 우(禹) 임금은 절름발이였고, 탕
(湯) 임금은 반신불수였으며, 요임금과 순임금은 눈동자
가 겹쳐있었다.

학문하는 사람이라면 사람의 뜻을 논하고 그것을 쓴
글들과 견주어 볼 것인가, 다만 키가 크고 작은 것을 구
별하고 잘나고 못난 것을 분별하며 서로 망령되이 뽐내
기만 할 것인가?

且徐偃王之狀, 目可瞻馬, 仲尼之狀, 面如蒙倛,
周公之狀, 身如斷菑, 皐陶之狀, 色如削瓜, 閎夭之

狀, 面無見膚, 傳說之狀, 身如植鰭, 伊尹之狀, 面無
須麋, 禹跳, 湯偏, 堯舜參牟子.

　從者將論志意, 比類文學邪, 直將差長短, 辨美惡,
而相欺傲邪?

- 偃(언) : 눕는 것. 偃王이란 이름이 붙여진 것도 그의 몸이 누
  워 있는 것처럼 언제나 제쳐져 있었기 때문이라 한다(楊倞
  注).
- 目可瞻馬(목가첨마) : 눈은 말을 바라볼 만하였다. 몸이 뒤로
  제쳐진 앞곱추여서 사람은 잘 못보고 말 같은 큰 것만을 볼
  수 있었다는 것.
- 蒙倛(몽기) : 방상씨(方相氏) 가면. 연말이나 사람을 장사지낼
  때 귀신을 쫓는 의식을 행하기 위하여 쓰던 무섭게 생긴 가
  면.
- 菑(치) : 서서 죽은 나무, 椔(치)와 같은 뜻. 斷菑(단치)는 부러
  진 마른나무, 부러진 마른 나무는 다시 펴지지 않음으로 곱
  추를 형용한 말임.
- 皐陶(고요) : 순임금의 어진 신하 중의 한 사람. 법을 다스리
  는 사(士)의 벼슬을 지냄(書經 舜典).
- 削瓜(삭과) : 껍질을 베긴 오이, 얼굴빛이 푸른색이었음을 뜻
  한다.
- 閎夭(굉요) : 문왕의 신하. 문왕이 유리(羑里)에 갇혔을 때 그
  는 아름다운 여자와 말을 주(紂)왕에게 구해 바치어 문왕을

구하였다.

- 傅說(부열) : 은(殷)나라 고종(高宗) 때의 어진 신하. 그는 임금을 잘 보좌하여 은나라의 중흥을 이룩하였었다.
- 植鰭(치기) : 물고기의 등지느러미를 세우는 것, 역시 곱추임을 뜻한다.
- 伊尹(이윤) : 상(商)나라 탕임금을 도와 하(夏)나라 걸(桀) 임금을 쳐부수게 한 명재상.
- 須麋(수미) : 須는 鬚(수염 수), 麋는 眉(눈썹 미)와 통함.
- 跳(도) : 걸음을 절름거리는 것.
- 偏(편) : 반신불수의 뜻(荀子集解).
- 參牟子(참모자) : 눈동자가 겹친 것. 후세엔 이것을 제왕의 상(帝王之相)이라 하였다.
- 從者(종자) : 따라 배우려는 사람.
- 文學(문학) : 현대의 문학의 뜻과는 달리 「자기 생각을 글로 써놓은 것」.
- 直(직) : 只(지)와 같은 뜻. 다만.
- 欺(기) : 망령된다는 뜻.
- 傲(오) : 오만함.

＊여기서도 옛날의 훌륭한 분들이 모두 반드시 겉모양이 훌륭하지 않았다는 실례를 들고 있다. 사람은 못났어도 훌륭해질 수 있는 것이니, 학문을 하려는 사람은 사람의 뜻과 그 뜻을 적어놓은 글을 존중하여야만 한다는 것이다.

4.

옛날의 걸(桀)과 주(紂)는 키 크고 몸집 크며 잘 생기어 천하의 걸물(傑物)이었고, 뚝심 세기가 남보다 뛰어나 백 사람을 대적할 만하였다. 그러나 몸은 죽고 나라는 망하여 천하의 큰 죄인이 되었으니, 후세에 악함을 말할 적에는 반드시 참고로 삼게 되었다. 이것은 용모에 의한 환난이 아니라, 듣고 본 것이 많지 아니하고 논의가 비열한 때문이었다.

지금 세상의 난동을 부리는 백성들과 시골의 약삭빠른 자들은 모두가 아름답고 멋지며, 특이한 옷에 부인 같은 꾸밈을 하여, 그들의 기질과 태도는 여자와 비슷하다. 부인들은 그들을 얻어 남편을 삼기를 바라지 않는 이가 없고, 처녀들은 그들을 얻어 애인을 삼기를 바라지 않는 이가 없어서, 그의 친가(親家)를 버리고서 그들과 도망하려는 자들이 헤일 수도 없이 생겨나고 있다. 그러나 보통 임금이라도 그들로서 신하를 삼기를 부끄러워하며, 보통 아버지라도 그들을 자식 삼기 부끄러워하며, 보통 형이라도 그들을 아우 삼기 부끄러워하며, 보통 사람이라도 그들을 벗 삼기 부끄러워한다. 그들은 갑자기 관원에게 묶이어 가 저자에서 사형을 당하게 되는데, 하늘을 부르

며 울부짖으면서 그렇게 된 지금을 괴로워하고 슬퍼하면
서 그렇게 만든 시초를 후회하지 않는 자가 없다. 이것은
용모에 의한 환난이 아니라, 듣고 본 것이 많지 아니하고
논의가 비열한 때문이다. 그러하니 학문하려는 사람들은
어떤 것을 가지고 옳다고 해야 하겠는가?

古者桀紂, 長巨姣美, 天下之傑也, 筋力越勁, 百
人之敵也, 然而身死國亡, 爲天下大僇, 後世言惡則
必稽焉. 是非容貌之患也, 聞見之不衆, 論議之卑爾.
今世俗之亂君, 鄕曲之儇子, 莫不美麗姚冶, 奇衣
婦飾, 血氣態度, 擬於女子. 婦人莫不願得以爲夫,
處女莫不願得以爲士, 弃其親家而欲奔之者, 比肩幷
起. 然而中君羞以爲臣, 中父羞以爲子, 中兄羞以爲
弟, 中人羞以爲友. 俄則束乎有司, 而戮乎大市, 莫
不呼天啼哭, 苦傷其今, 而後悔其始, 是非容貌之患
也, 聞見之不衆, 論議之卑爾. 然則從者, 將孰可也?

- 姣(교) : 아름다움.
- 傑(걸) : 걸물(傑物). 뛰어난 인물.
- 筋力(근력) : 힘, 뚝심, 완력.
- 勁(경) : 越勁(월경)은 남보다 훨씬 센 것.

- 僇(륙) : 戮(륙)과 같은 자. 大僇은 죽여야 할 대죄인.
- 稽(계) : 참고로 삼다, 증거로 삼다.
- 亂君(난군) : 어지러운 임금. 그러나 여기서는 문맥으로 보아 「亂民」(어지러운 백성)의 잘못일 것 같다.(荀子集解)
- 鄕曲(향곡) : 시골 마을.
- 儇(현) : 儇子는 「약삭빠른 자들.」
- 姚(요) : 예쁜 것. 冶(야)도 아름다운 모양.
- 擬(의) : 비긴다는 뜻.
- 士(사) : 여기선 애인, 연인.
- 弃(기) : 기(棄)와 같은 자. 버리는 것.
- 奔(분) : 애인과 집을 뛰쳐나오는 것.
- 比肩竝起(비견병기) : 어깨를 나란히 하고 아울러 일어난다. 곧 수 없이 생겨난다는 뜻.
- 中君(중군) : 중급(中級) 정도의 임금, 중부(中父), 중형(中兄), 중인(中人)도 같음.
- 羞(수) : 부끄러움.
- 俄(아) : 문득, 갑자기.
- 束(속) : 포승에 묶이는 것.
- 有司(유사) : 법을 다스리는 관원.
- 戮(륙) : 죽이는 것.
- 大市(대시) : 큰 저자. 옛날에는 중죄인을 저자에서 처형함으로써 여러 사람들에게 악인의 마지막을 구경시켰었다.
- 孰(숙) : 누구.

＊여기서도 용모는 그 사람의 행동과 상관 없음을 강조하고 있다. 걸주(桀紂) 같은 포악한 임금도 용모는 미남이었고 힘도 남보다 세었었다. 그러나 나라도 망치고 자신도 죽음을 당하고 말았다. 또 무식한 여자들은 미남을 좋아하지만, 그런 사람일수록 죄를 짓고 처형을 당하는 이가 많다. 이처럼 불행한 종말을 갖게 되는 것도 용모 탓이 아니라, 그가 배운 것이 많지 않고 말과 행동이 비열한 데서 온 것이다. 따라서 사람은 겉모양보다도 그의 속 마음가짐과 행동이 더 중요하다는 것이다.

6. 비십이자편非十二子篇

순자와 같은 시대인 전국(戰國)시대의 학자 열두 사람에 대한 비평이다. 이 글은 장자(莊子) 천하편(天下篇)의 제자(諸子)에 대한 비평과 함께 전국시대의 사상사 연구에 매우 중요한 자료가 된다. 이 편 가운데에서도 열두 학자를 비평하는 내용과는 직접 관련이 없는 부분이 약간 있는데 번역을 생략하였다.

1.

　지금 세상에는 사악한 학설을 꾸미고 간사한 말을 꾸미어 온 세상을 어지럽히며, 지나친 거짓말과 특출한 간사한 행동으로써 온 세상을 혼란하게 만들어 옳고 그름과 다스려지고 혼란한 것이 어디에 있는가를 모르게 하는 사람들이 있다.

　감정과 성질대로 방종하고 멋대로 뽐냄이 버릇되어 금수처럼 행동하여, 예에 합치되고 다스림에 통하기에 족하지 못하다. 그러나 그의 주장에는 까닭이 있고, 그의 말은 조리(條理)를 이루어, 어리석은 대중을 속이어 미혹되게 하기엔 족하다. 이것이 타효(它囂)와 위모(魏牟)이다.

　감정과 성질을 억누르고 매우 깊이 세상으로부터 초연하여, 구차히 사람들과 분리되어 특이한 것을 고상하다고 하니, 대중과 합치되고 큰 분별을 밝히기에 족하지 못하다. 그러나 그의 주장에는 까닭이 있고, 그의 말은 조리를 이루어, 어리석은 대중을 속이어 미혹되게 하기엔 족하다.

이들이 진중(陳仲)과 사추(史鰌)이다.

假今之世, 飾邪說, 文姦言, 以梟亂天下, 矞宇嵬瑣, 使天下混然, 不知是非治亂之所存者有人矣.

縱情性, 安恣睢, 禽獸行, 不足以合文通治. 然而其持之有故, 其言之成理, 足以欺惑愚衆, 是它囂, 魏牟也.

忍情性, 綦谿利跂, 苟以分異人爲高, 不足以合大衆, 明大分. 然而其持之有故, 其言之成理, 足以欺惑愚衆. 是陳仲, 史鰌也.

- 假今(가금) : 지금.
- 文(문) : 무늬. 飾(꾸밀 식)과 같은 뜻.
- 梟亂(효란) : 혼란시키는 것.
- 矞(율) : 譎(속일 휼)과 통하는 자. 宇(클 우) 矞宇는 크게 속이는 것, 지나치게 거짓말을 하는 것.
- 嵬(외) : 특출한 것.

- 瑣(쇄) : 여기서는 간사하게 좀스러운 짓.

- 縱(종) : 방종함.

- 恣(자) : 방자한 것.

- 睢(휴) : 성내고 보는 것. 여기서는 뽐내는 것.

- 合文(합문) : 여기의 文은 겉모양을 다듬는 「예의」의 뜻, 따라서 예에 합치되는 것.

- 持(지) : 주장하는 것.

- 它囂(타효) : 어느 때 어떤 사람인지 확실치 않다.

- 魏牟(위모) : 위(魏)나라의 공자(公子) 모(牟). 도가(道家)에 속하는 사람으로 장자, 열자(列子), 한서(漢書)에도 그 이름이 보인다.

- 苟(구) : 구차한 것.

- 分異人(분이인) : 남과 특이하게 분리되는 것.

- 大分(대분) : 큰 분별, 사람으로서 옳게 처신하는 분별. 충(忠), 효(孝) 같은 것을 말한다.

- 陳仲(진중) : 전중(田仲)이라고도 부르며, 전국시대 제(齊)나라의 명족이었고 청렴(淸廉)하기로 이름났었다(孟子에 보임).

- 史鰌(사추) : 춘추시대 위(衛)나라의 대부(大夫). 정직하기로 이름났었다(論語·孔子家語에도 보임).

* 궤변으로 그릇된 학설을 멋대로 선전하여 세상을 혼란시키는 학자들에 대한 공격의 시작이다. 이들은 자기 나름대로의

주장이 있고, 말에는 논리가 서 있기 때문에 대중들을 속이어 미혹시킨다. 여기서는 그 실례로 타효(它囂), 위모(魏牟), 진중(陳仲), 사추(史鰌)의 네 사람의 보기를 우선 들고 있다.

2.

온 세상을 통일하고 국가를 건립할 기준을 알지 못하고 공리(功利)와 실용(實用)을 숭상하며 검약을 중히 여기면서 등급의 차별을 업신여기어, 일찍이 신분의 차별을 받아들이지 못해 임금과 신하의 격차(隔差)를 둘 줄 모른다. 그러나 그의 주장에 까닭이 있고 그의 말은 조리를 이루어, 어리석은 대중을 속이어 미혹시키기에 족하다. 이것이 묵적(墨翟)과 송형(宋銒)이다.

법을 숭상한다지만 사실은 법도를 무시하고, 수양을 가벼이 여기면서도 일을 일으키기 좋아하며, 위로는 임금에게 순종(順從)하려 하면서, 아래로는 세속(世俗)에 따르기를 바란다. 하루 종일 하는 말이 글로 쓴 법전을 이룩하지만, 뒤집어 놓고 살펴보면 곧 아득하여 논지(論旨)가 없으니, 그것으로 나라를 다스리고 법도를 정할 수가 없다. 그러나 그의 주장에는 까닭이 있고 그의 말은 조리를 이루어 어리석은 대중을 속이어 미혹하게 하기에 족하다. 이것이 신도(愼到)와 전변(田騈)이다.

不知壹天下, 建國家之權稱, 上功用, 大儉約, 而
僈差等, 曾不足以容辨異, 縣君臣, 然而其持之有故,
其言之成理, 足以欺惑愚衆, 是墨翟, 宋鈃也.

尚法而無法, 下脩而好作, 上則取聽於上, 下則取
從於俗, 終日言成文典, 反紃察之, 則倜然無所歸宿,
不可以經國定分. 然而其持之有故, 其言之成理, 足
以欺惑愚衆. 是愼到, 田騈也.

- 壹(일) : 통일.
- 權稱(권칭) : 權이나 稱 모두 저울로 단다는 것이 본뜻인데,
  뜻이 바뀌어 저울처럼 「기준」이 되는 예법을 가리킨다.
- 上(상) : 높힘.
- 功用(공용) : 공리(功利)와 실용(實用).
- 僈(만) : 업신여기다.
- 差等(차등) : 사회적인 계급의 차별.
- 辨異(변이) : 신분의 차이를 분별하는 것.
- 縣(현) : 현(懸)과 통하여, 격차(隔差)가 있는 것.
- 墨翟(묵적) : 전국시대 노(魯)나라 사람으로, 묵자(墨子)라 흔
  히 부른다. 송(宋)나라에 벼슬하여 대부(大夫)가 되었으며,
  모든 사람을 똑같이 사랑해야 한다는 겸애(兼愛)와 검소하고

절약하는 생활을 하여야 한다는 학설을 주장하여 한 학파(學派)를 이루었다. 그의 저서로 묵자 15권이 있다.

- 宋鈃(송형) : 맹자와 거의 같은 시대의 학자. 사람은 욕심을 줄여야 하며 서로 공격을 말아야 한다는 주장을 했던 사람. 宋牼(송경)이라고도 쓴다.
- 好作(호작) : 일을 새로 일으키기 좋아하는 것.
- 聽(청) : 聽從(청종). 곧 말을 잘 듣는 것.
- 反紃(반순) : 옷 같은 것을 뒤집는 것.
- 倜然(척연) : 먼 모양, 아득한 것.
- 所歸宿(소귀숙) : 돌아가 머물게 되는 것, 글이나 말일 때에는 그 「논지(論旨)」, 「결론」.
- 分(분) : 사람들의 분수, 예법, 법도 같은 것.
- 愼到(신도) : 전국시대의 사상가로서, 법과 형벌로 백성을 다스리려든 법가(法家)에 속하는 사람.
- 田駢(전변) : 전국시대 제(齊)나라 사람. 그때 학자들이 많이 모이던 직하(稷下)에서 노니던 사람으로 도가(道家)에 속한다.

*여기서는 묵자(墨子)와 송형(宋鈃) 및 신도(愼道), 전변(田駢) 네 학자의 학설을 비평하였다.

3.

옛 임금들을 법도로 삼지 않고 예의를 옳지 않다고 하

며, 괴상한 학설을 익히고 이상한 말로 장난하기를 좋아하여, 매우 잘 살피지만 소용이 없고 말을 잘 하지만 쓸데가 없고, 일은 여러 가지 하지만 성과가 적으니, 정치를 하는 기강(紀綱)으로 삼을 수가 없다. 그러나 그의 주장에는 까닭이 있고, 그의 말은 조리를 이루어 어리석은 대중을 속이어 미혹시키기에 족하다. 이것이 혜시(惠施)와 등석(鄧析)이다.

대략 옛 임금들을 법도로 삼기는 하지만 그 정통(正統)을 알지 못하며, 점잖은 체하지만 성질은 격하고, 뜻은 크며 듣고 보는 것이 잡되고도 넓다. 지난 옛날 일을 참고하여 자기의 학설을 만들고 그것을 오행(五行)이라 부르고 있다. 매우 편벽되고 어긋나는 것이어서 규범(規範)이 없으며, 그윽히 숨기어져 있는 것이어서 설명되지 않으며, 닫히고 맺혀져 있는 것이어서 해설할 수 없다. 그래도 그의 말을 꾸미어가지고 공경하면서 말하기를, 이것이야말로 참된 군자의 말이라고 한다. 자사(子思)가 이것을 주창(主唱)했고, 맹자(孟子)가 이에 따랐다. 세상의 어리석고 미련한 선비들은 와자지껄하고 있으나 그것의 그릇된 바를 알지 못하고 있다. 마침내는 그것을 배워받아 전하면서, 공자와 자유(子游)가 이들 때문에 후세에 존

경을 받는다고 생각하게 되었다. 이것이 곧 자사와 맹자
의 죄이다.

不法先王, 不是禮義, 而好治怪說, 玩琦辭, 甚察
而不惠, 辯而無用, 多事而寡功, 不可以爲治綱紀.
然而其持之有故, 其言之成理, 足以欺惑愚衆. 是惠
施, 鄧析也.

略法先王, 而不知其統, 然而猶材劇志大, 聞見雜
博, 案往舊造說, 謂之五行, 甚僻違而無類, 幽隱而
無說, 閉約而無解. 案飾其辭而祇敬之曰. 此眞先君
子之言也. 子思唱之, 孟軻和之. 世俗之溝猶瞀儒,
嚾嚾然不知其所非也. 遂受以傳之, 以爲仲尼, 子游
爲玆厚於後世. 是則子思, 孟軻之罪也.

- 玩(완) : 장난하다.
- 琦(기) : 奇(기이할 기)와 통하는 것.
- 惠(혜) : 不惠는 「별 소용이 없는 것(荀子集解)」.
- 綱紀(강기) : 기강, 규범.
- 惠施(혜시) : 전국시대 맹자와 거의 같은 시대 학자. 말을 썩
  잘하여 위(魏)나라의 재상이 되었던 변설가(辯說家).
- 鄧析(등석) : 춘추시대 정(鄭)나라의 궤변가(詭辯家). 재상이

었던 자산(子産)에게 죽음을 당하였다.

- 劇(극) : 격렬한 것.
- 五行(오행) : 金 · 木 · 水 · 火 · 土의 다섯 가지. 이 다섯 가지의 상호관계와 배합에 따라 만물이 생성되고 변화한다는 것이 오행설(五行說)이다. 그러나 여기서의 오행은 어짊(仁) · 의로움(義) · 예의(禮) · 지혜(知) · 믿음(信)의 다섯 가지라고 주장하는 학자들도 많다. 자사나 맹자는 후세 유가들에 의하여 유가의 정통으로 받들여져 왔음으로 이들을 변호하는 뜻에서 그렇게 풀이하는 것일 것이다.
- 僻違(벽위) : 편벽되고 사리에 어긋나는 것.
- 類(류) : 法(법)의 뜻(荀子集解).
- 閉約(폐약) : 논리가 닫히고 맺혀져 있는 것.
- 案(안) : 발어사(發語辭).
- 祗(지) : 공경함.
- 子思(자사) : 공자의 손자. 이름은 급(伋), 자사는 그의 자. 증자(曾子)에게 배워 공자의 학설을 계승하였다.
- 孟軻(맹가) : 전국시대 사람. 맹자라 흔히 부르며, 자는 자여(子輿). 자사에게 배워 공자의 학술을 계승 발전시켰다. 저서로 맹자 십일편이 있다.
- 溝(구) : 怐(어리석을 구)와 통하는 말.
- 猶(유) : 猶豫(유예). 머뭇거리며 어쩔 줄 모르는 모양.
- 瞀(무) : 무식함.
- 嚾嚾然(훤훤연) : 왁자지껄 떠드는 모양.
- 子游(자유) : 춘추시대 오(吳)나라 사람. 공자의 제자로서 예

에 관한 공부를 많이 했으며 글도 많이 읽었다. 순자는 유교의 대표적인 인물로 공자와 함께 늘 자궁(子弓)을 들고 있으니, 여기서도 자궁이라 쓴 것을 잘못 베끼어 자유가 됐을 거라고 주장하는 학자도 있다.

* 여기에선 옳지 못한 학자로서 혜시(惠施)·등석(鄧析) 같은 궤변가와 함께 자사와 맹자를 공격하고 있다. 맹자는 「사람의 본성은 본시부터 착하다.」는 성선설(性善說)을 주장하였으니, 성악설(性惡說)을 주장하던 순자와 이때부터 대립이 되고 있었음을 알겠다. 순자의 이러한 비평에도 불구하고 후세 유가들은 모두 자사와 맹자를 유가의 정통(正統)으로 보고 순자를 모든 이단(異端)의 시발점이라 하고 있다. 학문의 출발점에서의 입장의 차이가 뒤에 이처럼 큰 격차를 낳게 된 것이다.

4.

이에 방법과 책략(策略)을 어우르고, 말과 행동을 같게 하며 여러 가지 규범을 통일하여, 온 천하의 영웅호걸(英雄豪傑)들을 모아 아주 옛날 일을 얘기해 주며 지극히 순리(順理)한 것을 가르쳐 준다면, 방 안 이쪽 저쪽에서나 대자리 위에서라도 가득히 성왕들의 글이 갖추어지고 무럭무럭 평화로운 세상의 풍속이 일어날 것이니, 앞의 여러 가지 학설을 주창하는 자들이 끼어들지 못할 것이며, 그 열두 사람들이 가까이하지 못할 것이다.

송곳 끝을 꽂을 땅도 갖고 있지 않지만, 왕공(王公)들이 그와 이름을 다투지 못하며, 한 대부(大夫)의 벼슬에 있다 해도 한 임금으로선 홀로 그를 잡아두지 못하며 한 나라로선 홀로 그를 받아들이지 못할 것이다. 이름을 이룩하면 제후들 사이에 퍼져서 모두가 그를 신하로 삼기 바란다. 이것이 성인으로서 권세를 얻지 못한 사람이니, 공자와 자궁(子弓)이 이런 사람이다.

천하를 통일하고 만물을 풍성케 하며 백성들을 잘 길러 천하를 모두 이롭게 함으로써, 길이 통하는 곳의 모든 사람들이 복종해 오면, 앞의 여섯 가지 학설을 주장하는 자들이 바로 없어질 것이며, 그 열두 사람들이 감화를 받게 될 것이다. 바로 성인으로서 권세를 얻었던 사람들이니, 순(舜)임금과 우(禹)임금이 그런 사람이다.

지금 어진 사람이라면 무엇에 힘써야만 할 것인가? 위로는 순임금과 우임금의 제도를 본받고, 아래로는 공자와 자궁의 뜻을 본받아 열두 사람의 학설을 없애도록 힘써야만 할 것이다. 그렇게 하면 천하의 폐해가 없어지고, 어진 사람으로서의 일이 완성되며, 성왕들의 발자취가

현저히 드러나게 될 것이다.

若夫總方略, 齊言行, 壹統類, 而羣天下之英傑,
而告之以大古, 教之以至順, 奧窔之間, 簟席之上,
歛然聖王之文章具焉, 佛然平世之俗起焉, 六說者不
能入也, 十二子者不能親也.

無置錐之地, 而王公不能與之爭名, 在一大夫之
位, 則一君不能獨畜, 一國不能獨容, 成名況乎諸
侯, 莫不願以爲臣. 是聖人之不得執者也, 仲尼子弓
是也.

一天下, 財萬物, 長養人民, 兼利天下, 通達之屬,
莫不從服, 六說者立息, 十二子者遷化, 則聖人之得
執者, 舜禹是也. 今夫仁人也將何務哉? 上則法舜禹
之制, 下則法仲尼子弓之義, 以務息十二子之說. 如
是則天下之害除, 仁人之事畢, 聖王之跡著矣.

- 總(총) : 총괄(總括)하는 것.
- 方略(방략) : 일하는 방법과 그것을 위한 책략.
- 齊(제) : 가지런함.
- 統類(통류) : 여러 가지 기강(紀綱), 또는 규범(規範).
- 太古(태고) : 아주 옛날의 훌륭한 일들.

- 奧(오) : 집이나 방의 서남쪽 모퉁이 窔(요)는 집 동남 모퉁이
  요. 奧窔之間이란, 곧 「집안」 또는 「방안」을 뜻함.
- 簟(점) : 대자리.
- 歙然(염연) : 물건이 많이 모여 있는 모양.
- 佛然(불연) : 佛은 勃(발)과 통하여, 일어나 오르는 모양.
- 錐(추) : 송곳.
- 況(황) : 부는 것, 더해지는 것(荀子集解).
- 財萬物(재만물) : 만물을 풍성케 하는 것.
- 通達之屬(통달지속) : 수레나 말 또는 사람의 발이 닿는 곳에
  사는 모든 무리들.
- 立息(입식) : 당장 없어지는 것.
- 遷化(천화) : 감화를 받아 올바라지는 것.

*순자는 옛날의 대표적인 성인으로서 공자와 자궁 및 순임
금과 우임금을 들고 있다. 앞 두 분은 권세를 잡지 못했던 분이
고 뒤 두 분은 권세를 잡고 나라를 다스렸던 분이지만, 똑같이
세상의 평화를 위하여 공헌한 분들이다. 학문하는 사람이라면
반드시 이 성인들을 규범으로 하여 앞 열두 사람의 그릇된 학
설을 없애도록 하여야만 된다는 것이다.

7. 중니편仲尼篇

　이 편 첫머리에서 「공자의 문인들은 어린아이라 하더라도 무력으로 다른 나라를 제패(制霸)한 오패(五霸)에 관하여 얘기하기를 부끄러워한다.」고 말하면서, 먼저 오패의 한 사람인 제(齊)나라 환공(桓公)의 예를 들어 패도정치(霸道政治)를 비평하고 있다.

　제나라 환공은 권력을 위하여 자기 형을 죽였고 여자들과 음탕한 생활을 즐긴 사람이다. 사람들은 무력으로 다른 나라들을 억누른 그의 공적을 높이 평가하지만, 실은 그는 「군자 틈엔 끼지도 못할」 사람인 것이다. 패자(霸者)들이란 백성들을 감화시켜 마음으로 따르게 한 사람들이 아니라, 모략과 무력으로 백성들을 다스리고 남의 나라를 침략하여 세계를 무력으로 통일하려는 사람들이다. 이런 방식으로는 세상에 평화란 찾아올 수가 없다. 덕(德)으로 백성들을 다스려야만 세상은 평화로워질 수 있다는 것이다. 이것은 유가의 전통적인 덕치주의(德治主義)를 역설한 것이다.

　다음엔 신하로서 「임금의 총애를 유지하면서 벼슬하여 일생토록 잘 지내는 방법」을 얘기한다. 신하는 그의 임금의 성격에 따라 공경(恭敬)해야 하고, 근신(勤慎)해야 하며, 직책을 잘 지켜야(拘守) 하며, 신중히 친근(慎比)해야 하며, 한결같이 완전해야 하며,

또 임금에 따라서는 그를 두려워할 줄도 알고 사양할 줄도 알아야 한다는 것이다. 전국시대와 같은 어지러운 세상 속에서 관리로서 처세하는 방법으로 이처럼 조심스런 얘기를 하고 있는 것은 주목할 만하다.

끝으론 천하에 통용되는 처세 방법으로, 어짊(仁)을 중심으로 하여 공경·충신(忠信)·근신(謹愼)·단정함과 성실함(端慤)으로 바로 살아나가기 어렵다는 것이다. 맨 끝에서 「젊은이는 나이 먹은 이를 섬기고, 천한 사람은 귀한 사람을 섬기고, 못난이는 어진 이를 섬기는 것이 천하에 통용되는 정의이다.」고 하여, 다시 사회적인 신분의 차별과 이에 따른 예의를 강조하고 있다.

여기서는 공자의 학설을 계승한 전통적인 유가사상의 일부를 얘기하고 있지만, 전체적인 공자사상의 해설을 목표로 하고 있는 것은 아니다. 이 편의 이름은 다만 이 편 문장의 첫머리 두 자리에서 땄을 따름이다. 여기에 보이는 덕치사상이나 사회생활 규범은 다른 곳이나 다른 유가들의 학설 속에서도 흔히 볼 수 있는 것임으로 여기에선 번역을 생략한다.

순자

제4권

8. 유효편儒效篇

이 편에선 선비의 공효(功效)에 대하여 여러 가지 면에서 얘기
하고 있다. 여기에는 그 가운데서도 선비란 나라를 다스리는 임
금으로서나 그 신하로서나 중요한 역할을 하고 있다는 얘기를 하
는 순자의 진(秦)나라 소왕(昭王)의 문답 두 대목과 학문의 중요성
을 논한 대목을 추리어 번역하기로 한다.

1.

진(秦)나라 소왕(昭王)이 순자에게 물었다.

「선비란 나라를 다스리는 데는 무익한 사람이겠지요?」

순자는 다음과 같이 대답하였다.

「선비란 옛 임금들을 본받고 예의를 존중하며 신하들에 대하여는 삼가고 그의 임금은 매우 귀하게 여기는 사람들입니다. 임금이 그를 등용하면, 곧 조정의 권세를 잡아 모든 일을 합당하게 할 것이며, 등용치 않으면 물러나 백성들 틈에 끼어 성실히 지내어 반드시 순종할 것입니다.

비록 곤궁하여 헐벗고 굶주린다 하더라도, 반드시 사악한 길에 들어서서 탐욕해지지 않을 것이며, 송곳을 세울 땅도 갖고 있지 않다 하더라도 국가를 지탱하는 대의

(大義)에는 밝습니다. 소리쳐 불러도 아무도 응해 주지 않지만, 그러나 만물을 풍부하게 하고 백성들을 기르는 법에는 통달해 있습니다.

권세를 잡아 남의 위에 서면 임금이 될 재목이고, 남의 아래 있으면 국가의 신하이며 임금의 보배가 될 것입니다. 비록 가난한 마을 비 새는 집에 숨어 산다 하더라도 사람들이 모두 귀하게 여기는 것은 올바른 도리가 정말로 존재하기 때문입니다.

공자가 노(魯)나라 사구(司寇)가 되려 하자, 심유씨(沈猶氏)는 감히 아침에 그의 양에 물을 먹이어 무게를 늘여 팔지 않게 되었고, 공신씨(公愼氏)는 그의 음탕한 처를 내보냈고, 신궤씨(愼潰氏)는 너무 사치했던 탓으로 국경을 넘어 옮겨갔으며, 노나라의 소와 말을 팔던 사람들은 값을 속이지 않게 되었는데, 이것은 몸을 바르게 닦고서 기다렸기 때문입니다.

궐당(闕黨)에 계실 적에는 궐당의 젊은이들이 사냥한 물건을 나눌 때 부모가 있는 사람에게는 모두 많이 갖도록 하였는데, 효도와 우애로서 교화시켰기 때문입니다.

선비가 조정에 있으면, 곧 아름다운 정치를 하고, 아랫자리에 있으면 풍속을 아름답게 합니다. 선비가 남의 아래 있게 되어도 이와 같습니다.」

秦昭王問孫卿子曰, 儒無益於人之國? 孫卿子曰,
儒者法先王, 隆禮義, 謹乎臣子, 而致貴其上者也.
人主用之, 則埶在本朝而宜, 不用則退編百姓而慤,
必爲順下矣.

雖窮困凍餧, 必不以邪道爲貪, 無置錐之地, 而明
於持社稷之大義. 嗚呼而莫之能應, 然而通乎財萬
物, 養百姓之經紀. 埶在人上, 則王公之材也, 在人
下, 則社稷之臣, 國君之寶也. 雖隱於窮閻漏屋, 人
莫不貴之, 道誠存也.

仲尼將爲司寇, 沈猶氏不敢朝飲其羊, 公愼氏出其
妻, 愼潰氏踰境而徙, 魯之粥牛馬者, 不豫賈, 必蚤
正以待之也. 居於闕黨, 闕黨之子弟, 罔不分有親者
取多, 孝弟以化之也.

儒者在本朝則美政, 在下位則美俗, 儒之爲人下,
如是矣.

• 秦昭王(진소왕) : 진나라 시황제(始皇帝)의 3대 앞 임금. B.C.
306년부터 251년 사이에 진나라를 다스렸다. 그는 진나라
를 강성케 하여 명군으로 알려져 있다.

- 孫卿子(손경자) : 순자. 손(孫)과 순(筍)은 음이 비슷하여 옛날에는 통용되었다. 한(漢)대의 유향(劉向)이 한나라 선제(宣帝)의 이름 詢(순)을 휘(諱)하기 위하여, 순경(筍卿)을 손경(孫卿)으로 고쳤다고도 한다.
- 致(치) : 極(극)의 뜻. 극히, 매우.
- 宜(의) : 일을 합당케 하는 것.
- 退編(퇴편) : 물러나 끼인다, 물러나 어울린다.
- 凍餒(동뇌) : 추위에 헐벗고 굶주리는 것.
- 嗚呼(오호) : 소리쳐 부르는 것, 자기를 알아줄 사람을 구하는 것. 보통은 「아아」와 같은 감탄사로 쓰인다.
- 經紀(경기) : 기강(紀綱), 법.
- 社稷(사직) : 社는 땅의 신(神), 稷은 곡식의 신. 옛날 천자나 제후는 반드시 나라를 위하여 이 두 신에게 제사지내고, 또 제단을 마련하였다. 따라서 뒤에는 「사직」은 「국가」와 같은 말로 쓰이게 되었다.
- 閭(염) : 마을, 골목.
- 漏屋(누옥) : 비가 새는 집, 초라한 집.
- 司寇(사구) : 지금의 법무장관과 같은 벼슬.
- 沈猶氏(심유씨) : 양장수 이름. 늘 그의 양에 물을 먹이어 무게를 늘여 팔았었다.
- 公愼氏(공신씨) : 그의 처가 매우 음탕하였는데도 남편으로 처에게 제재를 가하지 못하고 있었다.
- 愼潰氏(신궤씨) : 매우 사치한 생활을 하고 있던 사람.
- 踰(유) : 넘다.

- 徙(사) : 옮김.
- 粥(육) : 鬻(육)과 통하는 자. 파는 것.
- 豫賈(예가) : 미리 값을 많이 불렀다가 에누리를 해주는 것.
- 蚤(조) : 修(닦을 수)자가 잘못 씌어진 것인 듯하다(荀子集解).
- 闕黨(궐당) : 궐리(闕里)라고도 하며, 공자가 처음으로 교육을 시작했던 마을 이름. 지금의 산동성(山東省) 곡부현(曲阜縣)에 있다.

　＊여기서의 선비는 물론 유학을 하는 선비를 말한다. 이들은 성인의 가르침을 받들고 예의를 존중하기 때문에, 나라를 다스리는 요긴한 인물들이라는 것이다. 선비에게 정치를 맡기면 틀림없이 나라가 올바로 다스려진다. 그 예로 노(魯)나라의 사구(司寇) 벼슬을 지냈던 공자의 예를 들고 있다.

　선비는 또 벼슬을 않고 초야에 묻혀 산다 하더라도 백성들의 풍속을 아름답게 하는데 큰 공헌을 한다. 그리고 백성들과 어울리어 법에 순종한다. 그러므로 선비란 언제나 매우 유익한 존재라는 것이다.

2.

임금이 말하였다.

「그렇다면 그들이 남의 위에 서게 되면 어떨까요?」

손자가 대답하였다.

「그들이 남의 윗자리에 서게 되면 넓고 크게 영향을 미칩니다. 안으로는 자기의 뜻이 일정하고, 조정에서는 예절이 닦이어지고, 관청에서는 법칙과 도량형기(度量衡器)가 올바라질 것이며, 아래 백성들에게는 충성과 믿음과 사랑과 이로움의 덕이 실현될 것입니다. 한 가지 의롭지 못한 짓을 행하고, 한 사람의 죄 없는 사람을 죽이어 천하를 얻게 된대도 그런 짓은 하지 않습니다. 이러한 임금의 뜻은 사람들에게 믿기워지고 온 세상에 통하여져서, 곧 온 천하가 왁자지껄하면서 그에게 호응할 것입니다. 이것은 어째서일까요? 존귀한 이름이 드러나고 천하가 다스려지기 때문입니다.

그러므로 가까운 사람들은 노래하면서 즐기고, 먼 곳 사람들은 허겁지겁 그에게로 달려와, 온 세상 안이 한 집 안처럼 되고, 길이 통하는 모든 곳의 사람들은 복종치 않는 자가 없게 될 것입니다. 이런 것을 일러 사람들의 우두머리라 하는 것입니다.

시경에 말하기를,

「서쪽으로부터 동쪽으로부터

남쪽으로부터 북쪽으로부터

와서 복종하지 않는 이 없네.」

라 하였는데, 이를 두고 말한 것입니다.

그들이 남의 밑에 있게 되면 앞에서 말한 것 같았고, 그들이 남의 윗자리에 서게 되면 이와 같습니다. 어떻게 그들을 사람들을 다스리는 국가에 이로움이 없다고 말하실 수 있겠습니까?」

소왕이 말하였다.

「좋은 말이요!」

王曰, 然則其爲人上何如? 孫卿曰, 其爲人上也, 廣大矣.

志意定乎內, 禮節脩乎朝, 法則度量定乎官, 忠信愛利形乎下. 行一不義, 殺一無罪, 而得天下不爲也. 此君義, 信乎人矣, 通於四海, 則天下應之如讙. 是何也? 則貴名白, 而天下治也.

故近者歌謳而樂之, 遠者竭蹶而趨之, 四海之內, 若一家, 通達之屬, 莫不從服, 夫是之謂人師.

詩曰, 自西自東, 自南自北, 無思不服, 此之謂也.

夫其爲人下也, 如彼, 其爲人上也, 如此, 何謂其無益於人之國也? 昭王曰, 善.

- 如讙(여환) : 왁자지껄 시끄럽게 떠드는 것.
- 竭蹶(갈궐) : 엎어지고 쓰러지고 하면서 허겁지겁 달려오는 모양.
- 趨(추) : 달려오는 것.
- 師(사) : 師長(사장). 우두머리의 뜻.
- 詩曰(시왈) : 시경 대아(大雅) 문왕유성(文王有聲)편에 보이는 구절.
- 思(사) : 시경에 흔히 쓰이는 조사(助詞). 별 뜻이 없음.

*만약 선비가 임금이 된다면 어떻게 될까? 그는 덕이 있어서 예절과 법도로 정치를 하여 백성들로 하여금 그를 믿고 따르게 만들 것이다. 온 세상을 한 집안처럼 만들려는 유가의 덕치주의 이상은 선비가 임금이 될 때 이루어질 것이다.

이처럼 선비는 피지배자(被支配者)의 위치에 있건 지배자의 위치에 있건 나라와 백성들을 위하여 크게 이롭다는 것이다.

3.

내가 천하면서 귀해지려 하고 어리석으면서 지혜 있게 되려 하고, 가난하면서 부해지려 한다면 될 수 있을까? 그것이 가능한 것은 오직 학문뿐이다. 그가 배운 것을 행하면 선비(士)라 불리우게 되고, 그것을 힘쓰면 군자가 되고, 그것에 통달하면 성인이 된다. 위로는 성인이 되고 아래로는 선비와 군자가 되는데, 누가 나를 막을 수 있겠는가?

조금 전에는 멍청한 길거리 사람이었는데, 갑자기 요임금, 우임금과 나란히 하게 된다면 어찌 천하였다가 귀해지는 것이 아니겠는가? 조금 전에는 문과 방의 구별을 명백히 하래도 멍청히 결단을 내릴 수가 없었는데, 갑자기 어짊과 의로움을 근본으로 삼고 옳고 그름을 분별하며, 천하를 손바닥 위에 굴리려 들면서 희고 검은 것을 얘기한다면, 어찌 어리석다가 지혜 있게 된 것이 아니겠는가? 조금 전에는 서로 묶이어 있던 죄인이 갑자기 천하를 다스리는 큰 그릇이 모두 여기에 있다고 하게 된다면, 어찌 가난했다가 부해진 것이 아니겠는가?

我欲賤而貴, 愚而智, 貧而富, 可乎? 曰, 其唯學乎! 彼學者, 行之曰士也, 敦慕焉, 君子也, 知之, 聖人也. 上爲聖人, 下爲士, 君子, 孰禁我哉?

鄕也混然, 涂之人也, 俄而竝乎堯禹, 豈不賤而貴矣哉? 鄕也. 效門室之辯混然, 曾不能決也, 俄而原仁義, 分是非, 圖回天下於掌上而辯白黑, 豈不愚而

知矣哉? 鄉也, 胥靡之人, 俄而治天下之大器, 擧在
此, 豈不貧而富矣哉?

- 敦慕(돈모) : 敦은 勉(힘쓸 면)의 뜻(爾雅). 慕는 慔(모)와 통하
  여 힘쓰는 것(說文). 따라서 敦慕도 힘쓴다는 뜻임.
- 鄉(향) : 向(향)과 통하여「조금 전」,「아까」.
- 混然(혼연) : 멍청한 것, 아무것도 모르는 모양.
- 涂(도) : 途(길 도)와 통하는 자.
- 俄(아) : 갑자기.
- 效(효) : 명백히 하는 것, 뚜렷이 하는 것.
- 圖(도) : 어떤 일을 하려 하는 것, 圓(둥글 원)과 통하여 圖回
  (도회)를 圓轉(원전), 곧 둥글게 돈다는 뜻으로 보는 이도 있
  다.
- 胥(서) : 서로.
- 靡(미) : 얽어 묶는 것. 胥靡(서미)는 죄인들이 오랏줄에 쭉 묶
  이어 있는 것.

*여기서는 학문의 효용을 강조한 것이다. 학문은 사람으로
하여금 갑자기 귀하게 만들고, 지혜롭게 만들고, 부유하게 만드
는 유일한 길이라는 것이다. 학문을 착실히 하면 적어도 선비
나 군자, 크게는 성인이 될 수 있는 것이기 때문에 사람을 위하
여 학문처럼 유익한 것은 없다는 것이다.

순자

제5권

9. 왕제편 王制篇

　　임금으로서 백성을 다스리는 법, 이상적인 정치란 무엇인가를
논한 편임. 무력으로 남의 나라를 억누르려는 패자(覇者)의 정치
가 맹자에게서는 완전히 배척당하고 있지만, 순자는 현실적인,
실제적인 문제로서 그것을 받아들이고 있는게 주목거리이다.

1.

정치는 어떻게 하면 될까요? 내 생각으로는 어질고 능력 있는 이는 차례를 기다릴 것 없이 등용하고, 시원찮은 능력 없는 자는 조금도 지체없이 파면시키며, 크게 악한 자는 교화를 기다릴 것 없이 처벌하며, 보통 백성들은 정치를 기다릴 것 없이 교화시키면 된다. 신분이 안정되지 않았을 적에도 종묘(宗廟)에는 아버지 자리 아들 자리가 구별되어 있었다. 비록 임금이나 사대부들의 자손이라 하더라도 예의에 합당하지 못하면, 곧 서민(庶民)으로 돌려버리고, 비록 서민의 자손이라 하더라도 글 공부를 쌓았고 몸의 행실이 올바라서 예의에 합치될 수 있다면, 곧 그들을 경상(卿相)이나 사대부로 삼는다.

그러므로 간사한 말과, 간사한 이론과, 간사한 일과, 간사한 능력을 지니고 숨어 도망하면서 안정하지 않는 백성들은 직업으로써 그들을 가르치고 틈을 주어 그들이 착해지기를 기다릴 것이다. 그들을 권면함에 상으로써 하고, 그들을 징계함에는 형벌로써 하여 직업에 안정되면 잘 길러주고, 직업에 안정되지 못하면 버리는 것이라. 다섯 가지 큰 병이 있는 사람들은 임금이 거두어 그들을 길러주며, 재능에 따라서 그들을 부릴 것이며, 관청에서 입을 것과 먹을 것을 베풀어 주어 모든 사람을 빠짐없이 보호해야 한다. 재능과 행동이 시국에 반하는 자는 용서 없이 사형에 처한다. 이런 것을 두고 하늘의 덕이라 말하며, 왕자의 정치라 하는 것이다.

請問爲政. 曰, 賢能, 不待次而擧, 罷不能, 不待須而廢. 元惡, 不待教而誅, 中庸民, 不待政而化. 分未定也, 則有昭繆. 雖王公士大夫之子孫, 不能屬於禮義, 則歸之庶人, 雖庶人之子孫也, 積文學, 正身行, 能屬於禮義, 則歸之卿相士大夫.

故姦言, 姦說, 姦事, 姦能, 遁逃反側之民, 職而教之, 須而待之. 勉之以慶賞, 懲之以刑罰, 安職則畜, 不安職則棄. 五疾上收而養之, 材而事之, 官施而衣食之, 兼覆無遺. 才行反時者, 死無赦. 夫是之謂天

德, 是王者之政也.

- 次(차) : 차례, 차서.
- 罷(피) : 잔병 있는 시원찮은 사람.
- 須(수) : 須臾(수유). 잠시.
- 廢(폐) : 벼슬자리를 폐하는 것, 곧 파면.
- 元惡(원악) : 크게 악한 자.
- 中庸民(중용민) : 중간의 보통 백성들.
- 分(분) : 사회적인 신분의 차별.
- 昭繆(소목) : 繆은 穆(목)으로도 쓴다. 옛 종묘(宗廟)에서 昭는 아버지의 神位, 繆은 아들의 神位(周禮春官 小宗伯)였다.
- 遁逃(둔도) : 죄를 짓고 피하여 도망다니는 것.
- 反側(반측) : 불안한 것.
- 職(직) : 직업.
- 畜(휵) : 양육하는 것, 기르는 것.
- 兼覆(겸복) : 모두를 다 같이 덮어주는 것, 모두 보호하여 주는 것

* 여기서는 정치하는 방법을 구체적으로 논하고 있다. 어질고 능력 있는 사람을 등용하고 형벌을 올바로 쓰며, 예의를 존중해야 한다는 것이다. 특히 신분에 관계없이 그 사람의 학문과 행실 및 예절에 의하여 지위가 주어져야 한다는 주장은 주목할 만하다. 그리고 구체적인 정치의 방법으로써 상과 벌의

사용을 강조하고 있는 것은, 뒤에 법가(法家) 사상이 그에게서부터 나왔다고 주장할 만한 충분한 근거가 된다. 맹자가 처음부터 끝까지 덕치(德治)를 바탕으로 한 백성들 위주의 정치를 주장하고 있는 것과 크게 대조가 되며, 이런 점이 순자를 유가의 정통으로부터 제외당하게 만들었을 것이다.

2.

소청(訴請)을 처리하는 대원칙은, 선한 일을 가지고 온 자는 예로써 대접하고, 선하지 못한 일을 가지고 온 자는 형벌로써 대접하는 것이다. 이 두 가지를 분별하면, 곧 어진 이와 못난이가 섞이지 않게 되고 옳고 그름이 혼동되지 않을 것이다. 어진 이와 못난이가 섞이지 않는다면 뛰어난 인물들이 모여들 것이며, 옳고 그름이 혼동되지 않는다면 나라가 잘 다스려질 것이다. 이렇게 되면 명성이 드러나고 온 세상이 그런 정치를 바라게 될 것이며, 명령이 행하여지고 금령(禁令)이 없어져서 임금으로서의 일이 완성될 것이다.

소청을 처리함에 있어서 위엄 있고 준엄하게 하고, 사람들은 너그러이 인도하기를 좋아하지 않으면, 곧 백성들은 두려워서 친근해지지 않을 것이며, 사정을 숨기고 들추어내지 않을 것이다. 이렇게 하면 큰 일은 거의 실패하고 작은 일도 거의 성공하지 못할 것이다. 부드럽게 풀어주어 말을 잘 들어주며 사람들을 너그러이 인도하기 좋아하여 적당히 제재(制裁)하는 일이 없으면, 곧 간사한 말들을 모두 해오고 시험 삼아 해보는 말이 멋대로 일어날 것이다. 이렇게 되면, 곧 큰 일을 처리함에 번거로울 것이니, 이것도 역시 정치를 해치는 것이다.

그러므로 법을 알면서도 논의를 하지 않으면, 법이 미치지 못하는 일은 반드시 실패할 것이며, 직책을 맡고 있으면서도 그의 일에 통달해 있지 않으면, 곧 직책이 미치지 못하는 일은 반드시 잘못될 것이다. 그러므로 법을 알면서도 논의해야 하고, 직책을 맡고 있으면 그 일에 통달해야 하며, 계획이 숨겨지지 않고 선한 일이 버려지지 않는다면 모든 일에 잘못이 없게 될 것인데, 이것은 군자가 아니면 할 수 없는 일이다.

그러므로 공평하다는 것은 일을 하는 기준이 되고, 알맞게 조화된다는 것은 일을 하는 법칙이 된다. 법에 있는 일들은 법에 따라 처리하고, 법에 없는 일들은 전의 일들에 비추어 결정하면, 소청은 바르게 처리될 것이다. 한편으로 치우쳐 법도 없이 처리하면, 소청은 편벽(偏僻)되게

처리될 것이다. 그러므로 좋은 법이 있어도 이를 어기는
자는 있으되, 군자이면서도 어지러이 처리하는 사람은
옛날부터 지금에 이르기까지 아직도 있다는 말을 들은
일이 없다. 옛말에,

　「다스림은 군자에게서 나오고,

　혼란은 소인에게서 생겨난다.」

고 한 것은 이를 두고 말한 것이다.

　聽政之大分, 以善至者, 待之以禮, 以不善至者,
待之以刑. 兩者分別, 則賢不肖不雜, 是非不亂. 賢
不肖不雜, 則英傑至, 是非不亂, 則國家治. 若是名
聲日聞, 天下願, 令行禁止, 則王者之事畢矣.

　凡聽, 威嚴猛厲而不好假道人, 則下畏恐而不親,
周閉而不竭. 若是則大事殆乎弛, 小事殆乎遂. 和解
調通, 好假道人而無所凝止之, 則姦言幷至, 嘗試之
說鋒起. 若是則聽大事煩, 是又傷之也.

　故法而不議, 則法之所不至者必廢, 職而不通, 則
職之所不及者必隊. 故法而議, 職而通, 無隱謀, 無
遺善, 而百事無過, 非君子莫能.

　故公平者, 職之衡也, 中和者, 聽之繩也. 其有法

者以法行, 無法者以類擧, 聽之盡也. 偏黨而無經,
聽之辟也. 故有良法而亂者有之矣, 有君子而亂者,
自古及今, 未嘗聞也. 傳曰, 治生乎君子, 亂生乎小
人, 此之謂也.

- 聽政(청정) : 백성들의 진언(進言)이나 소송(訴訟)을 듣고 처리
  하는 것.
- 日聞(일문) : 명성이 날로 더해진다. 그러나 이는 「白」한 글
  자로 쓰여있는 판본이 옳다 한다(荀子集解). 白(백)은 「뚜렷
  해진다」, 「현저해진다」는 뜻.
- 猛厲(맹려) : 엄격히 일을 처리하는 것.
- 假道(가도) : 너그러이 처지를 이해해 주면서 사람들을 인도
  해 주는 것.
- 畏恐(외공) : 두려워하는 것.
- 周閉(주폐) : 사정을 숨겨놓는 것.
- 竭(갈) : 드러내어 소청이나 소송을 하는 것.
- 殆乎(태호) : 거의, 틀림없이.
- 弛(이) : 실패하는 것.
- 邃(수) : 墜(추)와 통하여, 역시 일이 잘 되지 않는 것.
- 和解調通(화해조통) : 너그러이 풀어주어 아래 소청하는 이들
  의 말을 잘 들어주는 것.
- 凝止(응지) : 적당히 멈추는 것, 조절하는 것.
- 鋒起(봉기) : 창끝이 들고 일어나듯 막을 수 없이 일어나는

것.

- 煩(번) : 번거로운 것.
- 傷(상) : 정치를 「해치는 것.」
- 隊(추) : 墜(추)와 통하는 자. 떨어진다. 일이 실패한다는 뜻.
- 衡(형) : 저울. 저울처럼 어떤 일을 하는데 기준이 되는 것.
- 繩(승) : 새끼줄. 금을 똑바로 칠 때 줄을 쓰듯 어떤 일을 하
  는데 원칙이 되는 것.
- 類擧(유거) : 전의 여러 가지 일들을 참고로 하여 일을 처리
  하는 것.
- 偏黨(편당) : 한쪽의 편만 드는 것.
- 經(경) : 법도, 기준.
- 辟(벽) : 僻(벽)과 통하여, 편벽된 것.
- 傳曰(전왈) : 예로부터 전해오는 말에 이르기를.

　*여기서 순자가 소청을 처리하는 법을 논하고 있는 것도 덕치(德治)를 앞세우는 유가답지 않은 느낌을 준다. 그러나 송사의 처리는 너무 엄해도 안되며, 너무 너그러워도 안되며, 공평하고 적절해야 하는데, 이런 일은 군자만이 할 수 있다 한다. 군자가 유가에서 말하는 덕과 학식을 모두 갖춘 사람이라면, 순자는 아직 법가와는 거리가 먼 사상가라고 봄이 옳을 것이다.

3.

신분이 고르면, 곧 다스려지지 않을 것이며, 세력이 고르면 통일되지 않을 것이며, 대중이 고르면 부릴 수가 없을 것이다. 하늘이 있고 땅이 있어서 위아래의 차별이 있듯이, 밝은 임금이 서야만 비로소 나라를 다스리는데 제도가 있게 되는 것이다.

대체로 양편이 모두 귀한 사람이면 서로 섬길 수가 없고, 양편 모두 천하면 서로 부릴 수가 없는데, 이것은 하늘의 섭리인 것이다. 세력과 지위가 같으면서 바라는 것과 싫어하는 것도 같으면, 물건이 충분할 수가 없을 것임으로 반드시 다투게 된다. 다투면 반드시 어지러워지고, 어지러워지면 반드시 궁해질 것이다.

옛 임금들은 그러한 혼란을 싫어했기 때문에, 예의 제도로써 이들을 구별해 주어, 가난하고 부하고 귀하고 천한 등급이 있게 하여, 서로 아울러 다스리기에 편하게 하였는데, 이것은 천하의 백성들을 기르는 근본이 되는 것이다. 서경에 말하기를,

「고르지 않은 것을 고르게 다스린다.」

하였는데, 이것을 두고 한 말이다.

分均則不偏, 執齊則不壹, 衆齊則不使. 有天有地, 而上下有差, 明王始立, 而處國有制.

夫兩貴之不能相事, 兩賤之不能相使, 是天數也. 執位齊而欲惡同, 物不能澹, 則必爭, 爭則必亂, 亂則窮矣.

先王惡其亂也, 故制禮義以分之, 使有貧富貴賤之等, 足以相兼臨者, 是養天下之本也. 書曰, 維齊非齊, 此之謂也.

- 分(분) : 사회적인 신분.
- 偏(편) : 辨(변)과 통하여 「다스린다」는 뜻(高亨說).
- 處國(처국) : 나라를 다루는 것, 나라를 다스리는 것.
- 天數(천수) : 하늘의 섭리, 자연의 법칙.
- 澹(담) : 贍(섬)과 통하여 「충분한 것.」
- 書曰(서왈) : 서경 주서(周書) 여형(呂刑)편에 보이는 구절.

*사회에는 백성들의 신분을 규정하는 제도와 이에 따른 행동을 규제하는 예의법도가 필요하다는 것이다. 모든 사람이 평등하다면, 언제나 사람의 욕망은 변함 없음으로 같은 목표를 추궁하다 서로 다투게 될 것이다. 서로 다투면 사회질서는 혼란에 빠지고, 경제적으로도 더욱 곤궁에 빠지게 될 것이다. 그러므로 사회에는 그 사람의 덕망과 능력, 지식 등의 차별에 따

른 공정한 신분의 차별이 있어야 한다. 그 신분의 차별에 의하여 사회엔 질서가 서게 되고, 공평한 정치가 행하여지게 된다는 것이다.

4.

말이 수레를 끌다가 놀라면 군자는 수레에서 안정될 수 없고, 서민이 정치에 놀라면 군자는 그의 자리에 안정되지 못한다. 말이 수레를 끌다 놀라면 그것을 안정시키는게 가장 좋고, 서민들이 정치에 놀라면 그들에게 은혜를 베풂이 가장 좋다.

어질고 훌륭한 사람을 골라 쓰고, 착실하고 공경스런 사람을 등용하여 효도와 우애를 일으키고, 고아나 과부 같은 사람들을 거두어 주고 가난한 사람들을 원조해 준다. 이렇게 하면 서민들이 정치에 안심할 것이다. 서민들이 정치에 안심한 뒤에야 군자는 그의 자리에 안정되게 되는 것이다.

전하는 말에,

「임금은 배요, 서민은 물이다. 물은 배를 뜨게도 하지만, 물은 배를 뒤집어엎기도 한다.」

하였는데, 이런 것을 두고 한 말이다.

그러므로 임금이 안정되려 한다면 정치를 공평히 하고 백성들을 사랑하는게 가장 좋으며, 번영을 바란다면 예를 존중하고 선비들을 공경하는게 가장 좋을 것이며, 공명을 세우기 바란다면 어진 이를 높이고 능력 있는 이를 부리는게 가장 좋을 것이다. 이것이 임금 된 사람의 큰 원칙인 것이다. 이 세 가지 원칙이 합당하면 그 밖의 것은 합당하게 되지 않는 것이 없을 것이다. 세 가지 원칙이 합당하지 못하면 그 나머지 것이 비록 부분적으로 합당하다 하더라도 아무런 이익도 되지 않을 것이다.

공자께서 말씀하셨다.

「큰 원칙이 바르고, 작은 원칙도 바르면 훌륭한 임금이다. 큰 원칙이 바르나 작은 원칙에 있어서는 한 가지는 옳고, 한 가지는 그르다 하면 보통 임금인 것이다. 큰 원칙이 옳지 않다면, 작은 원칙들이 비록 옳다 하더라도 나는 그 밖의 것은 거들떠보지도 않겠다.」

馬駭輿, 則君子不安輿, 庶人駭政, 則君子不安位.
馬駭輿, 則莫若靜之, 庶人駭政, 則莫若惠之.

選賢良, 舉篤敬, 興孝弟, 收孤寡, 補貧窮, 如是則
庶人安政矣. 庶人安政, 然後君子安位. 傳曰, 君子

舟也, 庶人者水也. 水則載舟, 水則覆舟. 此之謂也.

故君人者欲安, 則莫若平政愛民矣, 欲榮, 則莫若
隆禮敬士矣, 欲立功名, 則莫若尚賢使能矣. 是君人
者之大節也. 三節者當, 則其餘莫不當矣. 三節者不
當, 則其餘雖曲當, 猶將無益也.

孔子曰, 大節是也, 小節是也, 上君也. 大節是也,
小節一出焉, 一入焉, 中君也. 大節非也, 小節雖是
也, 吾無觀其餘矣.

- 駭(해) : 놀라는 것.
- 輿(여) : 수레.
- 篤敬(독경) : 착실하고 행동이 공경스런 사람.
- 孤寡(고과) : 고아와 과부 같은 의지할 곳 없는 사람들.
- 載(재) : 위에 싣는 것, 물 위에 띄우는 것.
- 覆(복) : 뒤엎는 것.
- 節(절) : 법도, 원칙, 기준.
- 曲當(곡당) : 부분적으로 정당한 것.

＊정치의 근본은 백성들에게 안정된 생활을 보장하는데 있
다. 백성들이 불안하면 정부 자체도 불안해지기 때문이다. 백성
들로 하여금 정치에 안정되게 하려면, 어질고 훌륭하고 능력
있는 사람들에게 벼슬을 주고, 효도와 우애 같은 예절을 보급

시키며, 의지할 곳 없는 사람과 가난한 사람들을 돌봐주면 된다.

그리고 임금이 백성을 다스리는 데에는 세 가지 큰 원칙이 있다 한다. 첫째는 정치를 공평히 하고 백성들을 사랑하는 것, 둘째는 예의를 존중하고 선비들을 공경하는 것, 셋째는 어진 이와 능력 있는 이들을 존경하고 등용하는 것이다.

이 세 가지 원칙만 잘 지켜진다면, 그 밖의 작은 일은 좀 잘 못된다 하더라도 정치는 올바르게 된다는 것이다. 세 가지 원칙이 지켜지지 않으면, 그 정치의 결과는 볼 것도 없다는 것이다. 여하튼 군주전제정치 시대에 이처럼 백성들의 위치를 중히 평가한 것은, 맹자의 민본사상(民本思想)처럼 철저하지는 못하지만, 주목할 만한 일이다. 그것은 바로 유가들의 전통적인 정치사상의 한 면이라고도 할 것이다.

5.

위(衛)나라의 성후(成侯)와 사공(嗣公)은 세금을 심히 긁어모으고 계산에 밝은 임금이었으나 백성들의 마음을 얻을 수는 없었다. 정(鄭)나라의 자산(子産)은 백성들의 마음은 얻었지만 올바른 정치를 행하지는 못하였다. 제(齊)나라의 관중(管仲)은 올바른 정치를 하였으나 예의를 닦지는 못하였다. 그러므로 예의를 닦는 사람은 왕자(王者)가 되고, 올바른 정치를 하는 자는 강자(强者)가 되고, 백성들의 마음을 얻는 자는 편안하여지고, 세금을 심히 긁어모으는 자는 멸망할 것이다.

그러므로 왕자는 백성들을 부하게 하고, 패자(覇者)는 선비(士)들을 부하게 하고, 겨우 존속하는 나라는 대부(大夫)들을 부하게 하며, 망해가는 나라에서는 임금의 보물상자를 부하게 하고 임금의 창고들을 풍부하게 한다. 임금의 금고가 이미 부하여지고, 임금의 창고들이 이미 풍부하여져도 백성들은 가난하기만 하다. 이런 것을 두고 위는 넘쳐나고 아래는 바닥이 났다고 하는 것인데, 안으로는 나라를 지킬 수가 없고 밖으로는 전쟁을 할 수가 없을 것이니, 나라가 뒤엎어져 멸망하는 것을 눈앞에 볼 수가 있을 것이다.

그러므로 내가 세금을 심히 거두면 멸망하고, 외적은 이것을 취득하여 더욱 강해진다. 세금을 심히 거두는 자는 외적(外敵)을 불러들이고 적을 살찌게 하여, 나라를 망치고 자신도 위태롭게 만드는 길인 것이다. 그러므로 밝은 임금은 그런 길을 걷지 않는 것이다.

成侯, 嗣公, 聚斂計數之君也, 未及取民也. 子産
取民者也, 未及爲政也. 管仲爲政者也, 未及修禮也.
故修禮者王, 爲政者彊, 取民者安, 聚斂者亡.

故王者富民, 霸者富士, 僅存之國, 富大夫, 亡國,
富筐篋, 實府庫. 筐篋已富, 府庫已實, 而百姓貧. 夫
是之謂上溢而下漏, 入不可以守, 出不可以戰, 則傾
覆滅亡, 可立而待也. 故我聚之以亡, 敵得之以彊.
聚斂者, 召寇肥敵, 亡國危身之道也. 故明君不蹈也.

- 成侯(성후) : 위(衛)나라 임금. 사공(嗣公)의 할아버지.
- 嗣公(사공) : 위(衛)나라 임금. 한비자(韓非子)에도 그 이름이
  보이지만, 어느 정도 세금을 심하게 긁어 모았는지는 알 길
  이 없다.
- 聚斂(취렴) : 백성들로부터 가혹하게 세금을 거둬들이는 것.
- 計數(계수) : 숫자 계산에 밝은 것.
- 取民(취민) : 민심을 얻는 것.
- 子産(자산) : 춘추시대 정(鄭)나라 대부(大夫). 이름은 공손교
  (公孫僑), 자산은 그의 자이다. 학식과 견문이 넓었으며, 정나
  라 간공(簡公) 때부터 정공(定公), 헌공(獻公), 성공(聲公)에 이
  르기까지 수십 년 재상 자리에 있었다. 그는 진(晋)나라와 초
  (楚)나라 같은 강한 나라 사이에 끼어서도 예로써 이들을 설
  복하여 정나라에 평화를 유지하였다. 자산이 죽었을 때 공
  자도 이를 슬퍼하고 눈물 흘렸다 한다.

- 管仲(관중) : 춘추시대 제(齊)나라 사람. 이름은 이오(夷吾), 자가 중이다. 제나라 환공(桓公)의 재상이 되어 나라에 부를 쌓고 군사력을 길렀으며, 주(周)나라 왕실을 존중하고 오랑캐들을 물리치면서 여러 제후들을 이끌었다. 환공도 그를 관부(管父)라 불렀다 한다.
- 王(왕) : 왕자(王者). 왕도(王道)에 의한 올바른 정치를 하는 임금.
- 彊(강) : 강한 사람.
- 士(사) : 벼슬을 할 수 있는 사람들 가운데서 가장 낮은 계급.
- 筐篋(광협) : 광주리와 상자, 여기서는 임금이 귀중한 물건을 넣어두는 상자.
- 府庫(부고) : 임금의 재물을 넣어두는 창고.
- 溢(일) : 가득 차서 넘치는 것.
- 漏(루) : 새어서 바닥이 나는 것, 말라버리는 것.
- 傾覆(경복) : 뒤엎어지는 것.
- 可立而待(가립이대) : 선 채로 기다릴 수 있다. 곧 어떤 일의 결과를 「눈앞에 볼 수 있다.」는 뜻.
- 寇(구) : 외구(外寇), 외적.
- 蹈(도) : 길을 밟고 걸어가는 것.

* 여기서는 임금은 백성들로부터 세금을 가혹하게 거둬들여서는 안된다는 것을 강조하고 있다. 백성들의 생활은 아랑곳없이 세금을 긁어모아 임금 혼자 부해봤자 그 나라는 얼마 못가

멸망한다. 나라를 올바르게 다스리려면 먼저 예절을 닦고, 그 예절을 통하여 온 백성들을 부하게 만들어야 한다는 것이다. 벼슬아치나 일부의 높은 관리들만이 부해지게 하는 정치는 어떤 수단으로서는 편리할지 몰라도 올바른 정치가 못된다는 것이다.

6.

왕자는 사람들을 빼앗아 얻으려 하고, 패자(覇者)는 자기 편을 빼앗아 얻으려 하고, 강자는 땅을 빼앗아 얻으려 한다. 사람들을 빼앗아 얻으려는 사람은 제후들을 신하로 삼게 될 것이고, 자기 편을 빼앗아 얻으려는 사람은 제후들을 벗 삼게 될 것이고, 땅을 빼앗아 얻으려는 사람은 제후들과 원수지게 될 것이다. 제후들을 신하로 삼는 사람은 왕자가 되고, 제후들을 벗 삼는 사람은 패자가 되고, 제후들을 원수로 삼는 사람은 위태로울 것이다.

王奪之人, 霸奪之與, 彊奪之地, 奪之人者, 臣諸侯, 奪之與者, 友諸侯, 奪之地者, 敵諸侯. 臣諸侯者王, 友諸侯者霸, 敵諸侯者危.

• 奪(탈) : 빼앗는 것. 탈취하는 것.
• 與(여) : 자기 편. 자기를 지지해 주는 사람. 동맹국.

*임금에게는 왕자와 패자와 강자가 있다. 왕자는 백성들의
마음을 얻어 올바른 정치를 하려는 사람이고, 패자는 자기를
지지하는 자들을 늘이어 남을 제패하려는 사람이고, 강자란 남
의 나라 땅을 빼앗으려는 사람이다. 왕자는 자연히 다른 제후
들을 굴복시키어 신하로 삼게 되고, 패자는 일부분의 제후들과
친하게 지내지만, 강자는 다른 제후들을 원수로 삼게 됨으로
위태로워진다는 것이다. 순자는 계속 덕을 위주로 하는 왕도(王
道)를 밀고 나가는 왕자의 정치를 설명하고 있다.

7.

강한 힘을 쓰는 자는, 남이 성을 지키고 있고 남도 나
와서 싸우는데 내가 힘으로써 이들을 이겨내는 것이니,
곧 남의 백성들을 틀림없이 많이 다치게 할 것이다. 남의
백성들을 많이 다치게 하면은, 곧 남의 백성들은 나를 반
드시 심히 미워할 것이다. 남의 백성들이 나를 심히 미워
한다면은, 곧 어느 날이고 나와 싸우려고 들 것이다.
남이 성을 지키고 남도 나와서 싸우는데 내가 힘으로

써 그들을 이겨내자면은, 곧 나의 백성들도 틀림없이 많이 다치게 될 것이다. 나의 백성들이 많이 다치면은, 곧 나의 백성들은 나를 반드시 심히 미워할 것이다. 나의 백성들이 나를 심히 미워한다면은, 곧 어느 날이고 나를 위하여 싸우려들지 않을 것이다.

남의 백성들은 어느 날이고 나와 싸우려 드는데, 나의 백성들은 어느 날이고 나를 위하여 싸우려 들지 않으니, 이것이 강자가 도리어 약해지는 까닭이다. 땅은 늘렸으되 백성들은 떠나가고, 피해는 많되 이룬 공은 적으며, 비록 지켜야만 할 곳은 늘었으되 지킬 사람들은 줄어들었으니, 이것이 큰 나라가 도리어 땅이 줄어드는 까닭이다.

제후들은 모두가 서로 연맹을 맺으려 하면서, 원망하며 그의 원수를 잊지 않고 강대한 나라의 틈을 엿보고, 강대한 나라의 약점을 이용하려 할 것이다. 이것은 강대한 나라가 위태로운 시기이다.

강자의 도를 아는 사람은 강자가 되기를 힘쓰지 아니한다. 그의 생각은 언제나 왕명을 따르며, 그의 힘을 온전히 하고 그의 덕을 쌓는다. 힘이 온전하면 제후들이 그를 약화시킬 수가 없고, 덕이 쌓이면 제후들은 그의 땅을 빼앗지 못하며, 세상에 왕자와 패자가 없을 적에는 언제

나 승리를 거둘 것이다. 이것이 강자의 도를 알고 있는
사람이다.

用彊者, 人之城守, 人之出戰, 而我以力勝之也,
則傷人之民必甚矣. 傷人之民甚, 則人之民惡我必甚
矣. 人之民惡我甚, 則日欲與我鬪.

人之城守, 人之出戰, 而我以力勝之, 則傷吾民必
甚矣. 傷吾民甚, 則吾民之惡我必甚矣. 吾民之惡我
甚, 則日不欲爲我鬪.

人之民日欲與我鬪, 吾民日不欲爲我鬪, 是彊者之
所以反弱也. 地來而民去, 累多而功少, 雖守者益,
所以守者損, 是以大者之所以反削也.

諸侯莫不懷交接, 怨而不忘其敵, 伺彊大之閒, 承
彊大之敝, 此彊大之殆時也.

知彊大者, 不務彊也. 慮以王命, 全其力, 凝其德.
力全則諸侯不能弱也, 德凝則諸侯不能削也, 天下無
王霸主, 則常勝矣. 是知彊道者也.

- 用彊者(용강자) : 강한 힘을 사용하는 자.
- 鬪(투) : 싸우는 것, 전쟁하는 것.
- 累(루) : 번거로운 것, 해가 되는 것.

- 削(삭) : 깎기우는 것, 나라 땅의 일부를 남에게 빼앗기는 것.
- 懷(회) : 생각하는 것.
- 交接(교접) : 서로 연맹을 맺는 것.
- 伺(사) : 엿보는 것.
- 承(승) : 손으로 받드는 것, 이용하는 것.
- 敝(폐) : 약점.
- 殆(태) : 위태로움.
- 凝(응) : 엉기는 것, 쌓이는 것, 굳어지는 것.

  * 전쟁을 좋아하는 강자는 언제건 멸망하게 된다. 전쟁은 남의 백성들을 다치게 하는 동시에 자기 백성들도 다치게 되는 것임으로, 안으로는 자기 백성들의 미움을 받게 되고 밖으로는 남의 나라 백성들의 미움을 받게 된다. 전쟁을 통하여 남의 나라 땅은 좀 빼앗을는지 모르지만은, 민심은 전쟁을 즐기는 임금으로부터 떠나가 버린다. 더구나 침략의 대상이 되는 여러 나라들은 단결하여 틈만 있으면 보복을 하려는 기회를 노린다. 전쟁을 좋아하는 강자는 망하지 않을 수가 없다는 것이다.

  그러기에 훌륭한 통치자는 묵묵히 자기의 힘을 기르며 덕을 쌓아 민심을 얻는다. 그러면 자연히 그는 왕자가 될 것이라는 것이다. 여기에서도 공자·맹자를 비롯한 유가 전체에서 볼 수 있는 강력한 반전(反戰) 사상이 엿보인다. 그러나 순자가 「덕을 쌓는」 한편 자기의 「힘을 온전히」 길러야 한다고 주장한 것은,

전국시대라는 현실적인 여건을 맹자보다도 훨씬 수긍하고 있는 것이라 하겠다.

8.

저 패자란 그렇지 않다. 밭과 들을 개간하고 창고를 충실케 하며 쓰이는 기구들을 편리하게 하고, 또 삼가 인재들을 모아 재능과 특기가 있는 인물들을 뽑아 쓴다. 그런 뒤에야 상을 줌으로써 백성들을 선도(先導)하고, 형벌을 엄격히 함으로써 백성들을 바로잡는다. 망한 나라를 일으켜 세워주고, 대가 끊어진 나라를 잇게 해주며, 약한 나라를 지켜주고, 포악한 나라를 제재하면서 다른 나라를 합병시키려는 마음이 없다면, 곧 제후들은 그와 친해질 것이다.

남과 벗하는 방법을 닦아 공경히 제후들과 접촉하면, 곧 제후들은 그를 좋아하게 될 것이다. 그와 친하게 되는 까닭은 나라를 합병시키지 않으려는 때문이니, 합병하려는 뜻이 드러난다면, 곧 제후들은 멀어질 것이다. 그를 좋아하는 까닭은 남을 벗하기 때문이니, 신하로 굴복시키려는 뜻이 보이면, 곧 제후들은 떨어져 나갈 것이다.

그러므로 그가 합병하지 않는다는 행동을 뚜렷이 밝

히고 남과 벗하는 길을 믿게 한다면, 세상에 왕자와 패자가 없을 적에는 언제나 승리를 거두게 될 것이다. 이것이 패자의 도를 안 사람이다.

彼覇者, 不然. 辟田野, 實倉廩, 便備用, 案謹募選閱材伎之士, 然後漸慶賞以先之, 嚴刑罰以糾之. 存亡繼絶, 衛弱禁暴, 而無兼倂之心, 則諸侯親之矣.

修友敵之道, 以敬接諸侯, 則諸侯說之矣. 所以親之者, 以不幷也, 幷之見, 則諸侯疏矣. 所以說之者, 以友敵也, 臣之見, 則諸侯離矣.

故明其不幷之行, 信其友敵之道, 天下無王覇主, 則常勝矣. 是知覇道者也.

- 辟(벽) : 개간. 개척하는 것.
- 廩(름) : 곡식을 쌓아두는 창고.
- 備用(비용) : 기구(器具)의 사용.
- 案(안) : 발어사. 아무 뜻이 없음.
- 募(모) : 모집.
- 材伎(재기) : 재능과 특기.
- 漸(점) : 상을 「내려주는 것.」
- 慶賞(경상) : 상, 상품.
- 先(선) : 선도(先導).

- 紏(규) : 바로잡는 것.
- 兼倂(겸병) : 합병(合倂). 남의 나라를 빼앗아 자기 나라에 합치는 것.
- 友敵(우적) : 원수를 벗하는 것, 남과 벗하여 잘 지내는 것.
- 說(열) : 기뻐하는 것, 좋아하는 것.
- 疏(소) : 멀어지는 것.

* 여기서는 패자의 도(覇者之道)를 설명하고 있다. 패자란 자기 나라의 경제를 윤택케 하고, 훌륭한 인재를 쓰고 상벌(賞罰)을 엄격히 하여 자기 나라의 정치를 올바로 이끈 다음, 망해가는 나라나 약한 나라를 도와주고 포악한 나라들을 견제하는 사람이다.

그는 남의 나라를 뺏으려는 야심이 없고 다른 제후들과 동등한 지위에서 사귀려 함으로, 다른 제후들이 좋아하며 친하게 지내려 든다. 이렇게 되면 언젠가는 틀림없이 온 세상을 제패하게 될 것이라는 것이다.

여기에서 순자는 맹자보다 한층 전국시대의 어지러운 현실을 받아들이고 있었음을 알겠다. 공자나 맹자가 패자의 정치를 극히 가벼이 여기던 것과는 좋은 대조가 된다.

9.

제(齊)나라 민왕(閔王)은 연(燕)·조(趙)·초(楚)·위(魏)·진(秦) 다섯 나라에게 망하고, 제나라 환공(桓公)은 노(魯)나라 장공(莊公)에게 협박당하였는데, 그것은 다른 까닭이 있는게 아니라 바로 올바르지 못한 방법으로 왕자가 되려고 생각했기 때문이었다. 저 왕자란 그러하지 아니하다. 어짊(仁)은 천하에 드높고, 의로움(義)도 천하에 드높고, 위세도 천하에 드높다. 어짊이 천하에 드높기 때문에 온 세상이 친하려 않는 이 없고, 의로움이 천하에 드높기 때문에 온 세상이 귀히 여기지 않는 이 없고, 위세가 천하에 드높기 때문에 온 세상이 감히 아무도 대적하지 못한다.

아무도 대적 못하는 위세로써 사람들을 굴복시키는 방법을 보조(補助)하는 것이니, 싸우지 않고도 승리하게 되고, 공격하지 않고도 취득(取得)하게 되고, 군대를 수고롭히지 않고도 천하를 굴복시킨다. 이것은 왕도(王道)를 아는 것이다. 이 세 가지 요건을 알고 있는 사람은, 왕자가 되고 싶으면 왕자가 되고, 패자가 되고 싶으면 패자가 되고, 강자가 되고 싶으면 강자가 되는 것이다.

閔王毁於五國, 桓公劫於魯莊, 無它故焉, 非其道而廬之以王也. 彼王者, 不然. 仁眇天下, 義眇天下, 威眇天下. 仁眇天下. 故天下莫不親也, 義眇天下, 故天下莫不貴也, 威眇天下, 故天下莫敢敵也.

以不敵之威, 輔服人之道, 故不戰而勝, 不攻而得, 甲兵不勞而天下服, 是知王道者也. 知此三具者, 欲王而王, 欲霸而霸, 欲彊而彊矣.

- 閔王(민왕) : 제(齊)나라 민왕(湣王). 전국시대 말년에 연(燕)나라 악의(樂毅)가 이끄는 조(趙)·초(楚)·위(魏)·진(秦)·연(燕)과 합친 다섯 나라 연합군에게 패배당하였다(史記 田敬仲完世家).
- 桓公(환공) : 제나라 환공은 관중(管仲)의 도움을 얻어 패자가 되었었다. 그러나 가(柯) 땅에서 여러 제후들과 회맹(會盟)했을 때 노(魯)나라 장공(莊公)의 신하인 조말(曹沫)에게 단도로 협박 당하여 노나라에게서 빼앗았던 땅을 되돌려 주고 말았다(史記 魯周公世家).
- 劫(겁) : 겁탈, 협박.
- 它故(타고) : 다른 까닭, 다른 연고.
- 眇(묘) : 아득히 높이 솟아있는 모양(荀子集解).
- 輔(보) : 돕는 것, 보조하는 것.
- 三具(삼구) : 세 가지 갖추어야 할 일, 세 가지 요건.

*임금이 옳지 못한 방법으로 나라를 다스리면 결국은 나라를 망치고 만다. 제나라 민왕(閔王)이나 환공(桓公)이 그 보기이다. 왕자란 어질어야 되며, 의로워야 되며, 위세가 있어야 된다. 어짊과 의로움과 위세 세 가지 요건을 다 갖추고 있는 사람이라면 온 세상이 그를 따르고, 그를 존경하고, 그에게 굴복할 것이다. 이것이 왕도(王道)라는 것이다. 왕도를 아는 임금이라면 세상은 자기 멋대로 잘 다스려져서, 왕자든 패자든 강자든 아무것이나 자기가 바라는 대로 될 수 있다는 것이다.

　어짊, 의로움과 함께 사람들을 굴복시키는 위세를 왕자의 세 가지의 요건 가운데 하나로 치고 있는 것은 순자의 특징이라 하겠다.

10.

　왕자가 되는 사람은 동작(動作)을 예의로써 꾸미고, 소청을 처리할 적에는 여러 가지 전례(前例)로써 하고, 털끝만한 일이라도 밝게 드러내며, 행동은 그때그때에 응하여 변화하여 막히는 일이 없다. 이런 것을 두고 근본이 있다고 하는 것이며, 이것이 왕자가 될 사람인 것이다.

　王者之人, 飾動以禮義, 聽斷以類, 明振毫末, 擧

措應變而不窮. 夫是之謂有原, 是王者之人也.

- 動(동) : 동작, 행동.
- 聽(청) : 청정(聽政). 聽斷(청단)은 밑의 신하나 백성들의 소청 (訴請)이나 소송을 듣고 결단을 내리는 것.
- 類(류) : 여러 가지 전례(前例).
- 振(진) : 드러내는 것.
- 毫末(호말) : 터럭 끝만한 작은 일들.
- 舉措(거조) : 행동, 일 처리.
- 應變(응변) : 그때그때의 사정에 알맞게 적절히 대처하는 것.
- 原(원) : 근본, 근원.

*왕자의 행동에 대하여 더 설명을 부연하고 있다. 행동은 예의 바르고 정치는 근거가 있고, 작은 일이라 하더라도 함부로 처리하지 않으며, 언제나 그때그때의 사정에 알맞게 적절히 일을 처리한다. 왕자는 이처럼 근본 있는 정치를 해야만 된다는 것이다.

11.

왕자의 제도는 그 도(道)가 하(夏) · 은(殷) · 주(周) 삼대 (三代)를 지나지 않으며, 법도는 후세의 임금도 다르지 않다. 도(道)가 삼대를 지나는 것을 방종하다고 말하며, 법도가 후세의 임금과 다른 것을 바르지 않다고 말한다.

의복에는 제도가 있고, 궁실에는 법도가 있으며, 부리는 사람엔 일정한 수가 있고, 상례(喪禮)나 제례(祭禮)에 쓰이는 용구에는 모두 적당한 등급이 있다. 음악은 우아(優雅)한 소리가 아닌 것은 모두 폐지하며, 채색(彩色)은 옛날에 근거 있는 무늬가 아닌 것은 모두 없애며, 쓰는 용구들은 옛날에 근거가 있지 않은 것이면 모두 부숴버린다. 이런 것을 두고 복고(復古)라 말하며, 이것이 왕자의 제도인 것이다.

王者之制, 道不過三代, 法不貳後王. 道過三代, 謂之蕩, 法貳後王, 謂之不雅.

衣服有制, 宮室有度, 人徒有數, 喪祭械用, 皆有等宜. 聲則凡非雅聲者, 擧廢, 色則凡非舊文者, 擧息, 械用則凡非舊器者, 擧毁. 夫是之謂復古, 是王者之制也.

- 三代(삼대) : 하(夏)·은(殷)·주(周)의 세 왕조(王朝). 세 왕조의 도를 지나치면, 너무 시대가 멀고 역사적인 기록이 거의 없어 근거가 너무 희박해진다는 것이다.
- 貳(이) : 둘. 두 가지가 서로 다른 것.

- 後王(후왕) : 후세의 임금들.
- 蕩(탕) : 방종, 방탕. 근거 없이 멋대로 하는 것.
- 雅(아) : 우아(優雅) · 아정(雅正) · 바른 것.
- 械用(계용) : 쓰이는 용구.
- 聲(성) : 소리, 음악.
- 色(색) : 채색. 옷이나 궁실, 문장 등에 쓰이는 빛깔.
- 文(문) : 무늬. 紋(문)과 통함.

  ＊여기서는 왕자의 예의 제도를 풀이하고 있다. 왕자의 제도
는 옷 · 궁실 · 인원 · 음악 · 빛깔 · 무늬 모두 옛날에 근거를 둔
법도에 맞는 것이어야 한다. 옛날 것이라고 덮어놓고 오랜 것
이어야 하는 것은 아니다. 대체로 하(夏) · 은(殷) · 주(周) 삼대
에 근거를 둔 것이면 된다.

  순자는 이처럼 일정한 제도에 의하여 사회적인 신분에 따른
등급을 분별하고 예절을 체계화함으로써 나라의 질서를 찾으려
했던 것이다. 맹자보다도 순자는 훨씬 더 이러한 형식적인 예
의제도의 필요성을 강조하고 있는데, 그것은 순자가 더 현실적
인 사회의 혼란을 수긍하고 있었기 때문일 것이다. 그러나 순
자도 그 예의제도의 근거에 있어서는 유가들 전체에서 보는 복
고주의(復古主義)의 범위를 벗어나지는 못한다.

12.

왕자의 이론은, 덕이 있는 이는 귀하게 되지 않는 일 없고, 능력 있는 이는 벼슬하지 않는 일 없고, 공 있는 이는 상 받지 않는 일 없고, 죄 지은 자는 벌 받지 않는 일 없으며, 조정에는 요행으로 벼슬한 이 없고, 백성 중에는 요행으로 살아가는 이 없으며, 어진 이를 존중하고 유능한 이를 등용하여 등급과 벼슬을 제대로 받지 못하는 이 없으며, 성실한 백성들을 가려내고 흉악한 짓을 금하며 형벌은 잘못 쓰는 일이 없도록 하는 것이다.

백성들은 뚜렷이 모두가, 집에서 선한 짓을 하면 조정에서 상을 받게 되고, 숨어서 나쁜 짓을 하면 드러내놓고 형벌을 받게 된다는 것을 알게 될 것이다. 이런 것을 일정한 이론이라 말하며, 이것이 왕자의 이론인 것이다.

王者之論, 無德不貴, 無能不官, 無功不賞, 無罪不罰, 朝無幸位, 民無幸生, 尙賢使能, 而等位不遺, 析愿禁悍, 而刑罰不過.

百姓曉然皆知, 夫爲善於家, 而取賞於朝也, 爲不善於幽, 而蒙刑於顯也. 夫是之謂定論, 是王者之論也.

- 論(논) : 이론. 정치의 주장과 이론.
- 幸(행) : 요행(僥倖).
- 不遺(불유) : 그의 재능에 따른 적당한 등급이나 벼슬이 주어지지 않는 일이 없는 것.
- 析(석) : 가리어 내는 것.
- 愿(원) : 성실한 사람들.
- 悍(한) : 악하고 사나운 짓.
- 曉然(효연) : 뚜렷한 모양.
- 幽(유) : 남이 잘 모르는 곳, 으슥한 곳.
- 蒙(몽) : …을 입는 것, 당하는 것.
- 顯(현) : 드러내놓는 것.

*여기에서는 왕자가 정치를 하면서 특히 고려하여야 할 점들을 논하고 있다.

여기에서도 덕이나 능력을 존중해야 한다는 유가들의 일반론과 함께, 순자는 상벌(賞罰)을 특히 강조하고 있다. 형벌을 엄격히 하지 않고는 백성들을 제대로 다스릴 수 없다는 것이, 그 시대의 현실이었을 것이다.

13.

왕자의 법도는 부세(賦稅)에 등급을 매기고 일들을 올바로 하여, 만물을 풍부히 하며 만백성들을 먹여 살리는 근거가 되는 것이다. 밭이나 들에서는 수확물의 십분의 일을 거둬들이고, 관소(關所)나 시장(市場)에서는 검사는 하지만 세금을 받지는 않는다. 산과 숲이나 못과 어살 (梁)에는 철에 따라 사냥이나 고기잡이를 금하기도 하고 풀어주기도 하되 세금을 거두지는 않는다. 땅이 좋고 나쁜 것을 살피어 등급에 따라 세금을 거두며, 길이 멀고 가까운 것을 참작하여 공물(貢物)을 바치게 한다. 재물과 양곡(糧穀)들을 유통(流通)케 하여 한 군데 채여 쌓이는 일이 없도록 하며, 서로 가져오고 가져가게 한다면 온 세상이 한 집안처럼 될 것이다.

그렇게 되면 가까운 곳의 사람들은 그의 재능을 숨기지 않고, 먼 곳의 사람들은 그의 수고로움을 꺼리지 않을 것이니, 깊이 떨어져 한편에 숨겨 있는 나라 없이 모두가 달려와 일하면서 다스림을 편안히 즐길 것이다. 이런 것을 두고 백성들의 지도자라 하는 것이며, 이것이 왕자의 법도인 것이다.

王者之法, 等賦政事, 財萬物, 所以養萬民也. 田野什一, 關市幾而不征, 山林澤梁, 以時禁發而不稅. 相地而衰政, 理道之遠近而致貢, 通流財物粟米, 無

有滯留, 使相歸移也, 四海之內, 若一家.

故近者不隱其能, 遠者不疾其勞, 無幽閒隱僻之
國, 莫不趨使而安樂之. 夫是之謂人師, 是王者之法
也.

- 法(법) : 법도. 여기서는 실은 「경제정책(經濟政策)」을 말한
  다. 보통 순자 판본에는 이 法자가 빠져 있으나 이 단의 끝귀
  로 보아 이 法자가 들어있는 게 옳은 것이다(荀子集解).
- 賦(부) : 부세(賦稅), 조세(租稅).
- 政(정) : 正(정)과 통하여 「올바르게 하는 것.」
- 什一(습일) : 수확의 십분의 일을 세금으로 받는 것.
- 關(관) : 관소(關所), 관문(關門).
- 幾(기) : 살피는 것, 검사하는 것.
- 征(정) : 세금을 거둬들이는 것.
- 澤(택) : 못, 호수.
- 梁(량) : 어살. 강물을 막고 가운데를 틔워 급류를 만든 뒤에,
  그곳에 통발을 쳐 고기를 잡는 것.
- 禁發(금발) : 사냥이나 고기잡이를 「금했다 풀어줬다」 하는 것.
- 相地(상지) : 땅이 좋고 나쁨을 살펴보는 것.
- 衰(쇠) : 등급을 매기는 것.
- 政(정) : 征과 통하여, 세금을 받아들이는 것.
- 理(이) : 이치를 따라 참작하는 것.
- 貢(공) : 공물. 각 지방에 나는 토산물을 임금에게 갖다 바치
  는 것.

- 粟米(속미) : 좁쌀과 쌀. 양곡(糧穀).
- 滯留(체류) : 한 군데 쌓이는 것.
- 歸移(귀이) : 가져가고 가져오고 하는 것.
- 疾(질) : 싫어하는 것, 꺼리는 것.
- 幽間(유간) : 깊숙이 떨어져 있는 것.
- 隱僻(은벽) : 벽지에 숨어 있는 것.
- 趨使(추사) : 달려와 부림을 당하는 것.

　＊여기서는 왕자로서의 경제정책을 설명하고 있다. 왕자는 알맞게 세금을 거둬들이고 물자를 유통케 하여 나라의 경제를 원활히 하여야 한다는 것이다. 경제가 윤택해지면 가까운 나라들이나 먼 곳의 나라들이나 모두 그에게 복종케 된다. 백성들의 지도자란 경제정책을 잘 하여야 한다는 것이다.

　이처럼 순자가 현실적인 경제정책을 힘주어 얘기하고 있는 것도, 어느 다른 그 시대의 유가의 사상가들보다도 순자가 현실에 대하여 예민하였음을 말해 주는 것이다.

　14.

　북쪽 바다에 잘 달리는 말(走馬)과 잘 짖는 개(吠犬)가 있다. 그런데 중국에서는 이들을 구해다가는 가축으로 사용하고 있다. 남쪽 바다에는 새 깃과 상아(象牙)와 외뿔

소 가죽과 증청(曾青)과 단사(丹砂)가 난다. 그런데 중국
에서는 이것들을 구해다가 재물로 삼고 있다. 동쪽 바다
에는 지치(紫草)와 칡베와 물고기와 소금이 난다. 그런데
중국에서는 이것들을 구해다가 입기도 하고 먹기도 하고
있다. 서쪽 바다에는 짐승들 가죽과 무늬 있는 소꼬리가
난다. 그런데 중국에서 이것들을 구하여 사용하고 있다.

그러므로 못에 사는 사람도 나무가 풍족하고, 산에 사
는 사람도 물고기가 풍족하다. 농부들은 나무를 깎고 다
듬지 않고 질그릇을 굽지 않지만 쓰는 용구가 풍족하다.
공인(工人)들과 상인들은 밭을 갈지 않지만 양곡(糧穀)이
풍족하다. 그리고 호랑이나 표범은 사납지만은 군자들은
그들의 가죽을 벗기어 사용하고 있다. 그러므로 하늘 아
래 땅 위에 있는 물건들은 모두가 그의 아름다움을 다하
고 그 용도(用途)를 발휘하고 있는 것이다. 위로는 그 물
건들로써 어질고 훌륭한 이들을 장식케 하고, 아래로는
백성들을 먹여 살리어 모두 편히 즐겁게 살게 해준다. 이
것을 일컬어 위대한 평화(大神)라 하는 것이다. 시경에
말하기를,

「하늘은 높은 산을 솟게 하셨고,

태왕(大王)께선 이를 개척하셨다.

그분이 일으키신 일을

　　문왕(文王)께선 안정시키셨다.」

하였는데, 이런 것을 두고 한 말이다.

　　北海則有走馬吠犬焉, 然而中國得而畜使之. 南海
則有羽翮齒革, 曾靑丹干焉, 然而中國得而財之. 東
海則有紫紶魚鹽焉, 然而中國得而衣食之. 西海則有
皮革文旄焉, 然而中國得而用之.

　　故澤人足乎木, 山人足乎魚, 農夫不斲削不陶冶,
而足械用, 工賈不耕田, 而足菽粟. 故虎豹爲猛矣,
然君子剝而用之. 故天之所覆, 地之所載, 莫不盡其
美, 致其用. 上以飾賢良, 下以養百姓, 而安樂之. 夫
是之謂大神. 詩曰, 天作高山, 大王荒之. 彼作矣, 文
王康之, 此之謂也.

- 北海(북해) : 북쪽 바다. 북쪽 바다 근처 지방. 남해, 동해, 서
  해도 같음.
- 走馬(주마) : 북쪽에서 나는 말 이름. 잘 달린 데서 그렇게 부
  른 것 같다.
- 吠犬(폐견) : 북쪽에서 나는 큰 개 이름. 잘 짖는다 해서 그렇
  게 불리워진 것 같다.

- 羽翮(우핵) : 크고 작은 새 깃.
- 齒(치) : 상아(象牙).
- 革(혁) : 외뿔소의 가죽.
- 曾靑(증청) : 구리(銅)에서 빼내는 것으로, 푸른 물감으로도 쓰이고 또 황금을 녹이는 데도 쓰인다.
- 丹干(단간) : 단사(丹砂).
- 紫(자) : 茈(자)와 통하여, 지치(紫草). 자색 물감을 만드는 풀.
- 絥(거) : 綌(격)과 통하여, 굵게 짠 칡베(葛布).
- 鹽(염) : 소금.
- 文旄(문모) : 무늬가 있는 모우(旄牛)의 꼬리. 옛날에는 모우 꼬리를 여러 가지 색깔로 물들이여 깃대 위에 꽂는 장목으로 썼다.
- 斲削(착삭) : 나무를 깎고 다듬어 용구를 만드는 것.
- 陶冶(도야) : 질그릇을 구워 만드는 것.
- 菽粟(숙속) : 콩과 조. 여기서는 양곡(糧穀)을 대표하는 말.
- 豹(표) : 표범.
- 剝(박) : 껍질을 벗기는 것.
- 覆(복) : 덮는 것.
- 飾(식) : 수레나 옷 등의 장식을 하는 것.
- 大神(대신) : 神은 신통히 잘 다스리는 것, 따라서 大神은 「위대한 평화」의 뜻.
- 詩曰(시왈) : 시경 주송(周頌) 천작(天作)편에 보이는 구절.
- 大王(태왕) : 주(周)나라 문왕(文王)의 할아버지인 고공단보(古公亶父).

- 荒(황)은 크게 다스리는 것, 개척하는 것, 고공단보가 빈(豳) 땅으로부터 기산(岐山) 아래로 옮겨 와 주나라의 터전을 닦은 것을 뜻한다.
- 彼(피) : 저이, 그 사람. 고공단보를 가리킴.
- 康(강) : 편안하게 하는 것.

*앞의 단을 이어 여기서는 경제정책 가운데에서도 특히 물자의 유통을 잘 시켜야 함을 강조하고 있다. 여러 지방의 특산물을 서로 나르고, 여러 사람들이 제각기 생산하는 물건들을 서로 팔고 사게 하며 백성들의 생활을 편리하게 해준다. 그러면 세상은 평화로워질 수 있다는 것이다.

15.

여러 가지 일을 종합하여 잡된 일을 처리하고, 한 가지 원칙으로 만 가지 일을 처리하며, 시작되면 끝이 나고, 끝이 나면 시작하여 옥고리에 끝이 없는 것과 같이 하여야만 한다. 이 방법을 버리면 천하는 쇠미(衰微)하여질 것이다.

하늘과 땅은 삶의 시작이고, 예의는 다스림의 시작이며, 군자는 예의의 시작이다. 예의를 만들고 그것을 통용케 하고, 그것이 무겁게 쌓이도록 하여, 그것을 애호하는 것은 군자의 시작이다. 그러므로 하늘과 땅은 군자를 나았고, 군자는 하늘과 땅을 다스리니, 군자란 하늘과 땅의 변화에 참여하는 것이며, 만물을 아울러 거느리는 것이며, 백성들의 부모가 되는 것이다.

군자가 없다면은 하늘과 땅은 다스려지지 않고, 예의는 법통(法統)이 없게 되며, 위로는 임금과 스승이 없고 아래로는 아버지와 아들이 없게 될 것이다. 이런 것을 두고 지극한 혼란(至亂)이라 말하는 것이다. 임금과 신하, 아버지와 아들, 형과 아우, 남편과 아내가 시작되어서는 끝나고, 끝나면은 시작되며 하늘과 땅과 같이 다스려지고 만세(萬世)토록 똑같이 오래간다면, 이런 것을 두고 위대한 근본(大本)이라 말하는 것이다.

그러므로 상례(喪禮)와 제례(祭禮), 조례(朝禮)나 빙례(聘禮), 군대의 의식은 근본이 하나인 것이다. 귀하고 천하게 하는 것, 죽이고 살리는 것, 주기도 하고 뺏기도 하는 것도 원리는 하나이다. 임금은 임금 노릇을 하고, 신하는 신하 노릇을 하고, 아버지는 아버지 노릇을 하고, 자식은 자식 노릇을 하고, 형은 형 노릇을 하고, 아우는 아우 노릇을 하는 것도 한 가지 원리이다. 농군은 농사를 짓고, 선비는 벼슬살이를 하고, 공인은 물건을 만들고,

상인은 장사를 하는 것도 한 가지 원리에 의한 것이다.

以類行雜, 以一行萬, 始則終, 終則始, 若環之無
端也. 舍是而天下以衰矣.

天地者, 生之始也, 禮義者, 治之始也, 君子者, 禮
義之始也. 爲之, 貫之, 積重之, 致好之者, 君子之始
也. 故天地生君子, 君子理天地, 君子者, 天地之參
也, 萬物之摠也, 民之父母也.

無君子則天地不理, 禮義無統, 上無君師, 下無父
子. 夫是之謂至亂. 君臣父子兄弟夫婦, 始則終, 終
則始, 與天地同理, 與萬世同久. 夫是之謂大本.

故喪祭・朝聘・師旅, 一也. 貴賤, 殺生, 與奪, 一
也. 君君・臣臣・父父・子子・兄兄・弟弟, 一也.
農農・士士・工工・商商, 一也.

- 環(환) : 옥으로 만든 둥근 고리.
- 無端(무단) : 끝이 없는 것.
- 舍(사) : 捨(사)와 통하여 「버리는 것.」
- 始(시) : 시작, 출발. 근거가 되는 것.
- 爲之(위지) : 예의를 만드는 것.
- 貫之(관지) : 예의를 꿰뚫어 통용케 하는 것.

• 積重之(적중지) : 수양을 통하여 예의가 자기 자신에게 무겁게 쌓이도록 하는 것.

• 參(참) : 천지의 조화에 함께 참여하는 것.

• 摠(총) : 다 아울러 다스리는 것.

• 朝(조) : 조정에서 천자를 뵙는 예.

• 聘(빙) : 빙례. 제후들이 사신을 파견하여 서로 문안드리는 예.

• 師旅(사려) : 군대의 여러 가지 의식.

• 與奪(여탈) : 물건을 주기도 하고 빼앗기도 하는 것.

* 정치를 하는 데에는 한 가지 법통(法統)이 있어야 한다는 것이다. 법통이란 예의를 통하여 이루어지는 것이며, 그것은 천지의 조화와도 통하고 영원불멸하는 것이다. 따라서 그 법통은 왕자의 여러 가지 의식을 통일해 주며, 여러 가지 권세를 쥐어 주고, 백성들로 하여금 자기 처지와 자기 직분을 지킬 줄 알게 만든다는 것이다.

16.

물과 불은 기운은 있으되 생명이 없고, 풀과 나무는 생명은 있으되 지각(知覺)이 없고, 새와 짐승은 지각은 있으되 의로움(義)이 없다. 사람은 기운도 있고, 생명도 있고, 지각도 있으며, 또한 의로움까지도 지니고 있으니, 그래서 가장 천하에서 존귀하다는 것이다.

　힘은 소만 못하고 달리기는 말만 못한데, 소와 말은 어째서 사람에게 부림을 받는가? 그것은 사람들은 여럿이 힘을 합쳐 모여 살 수 있으나, 소나 말은 여럿이 힘을 합쳐 모여 살 수 없기 때문이다. 사람은 어떻게 여럿이 힘을 합쳐 모여 살 수 있는가? 그것은 분별이 있기 때문이다. 그 분별은 어째서 존재할 수가 있는가? 그것은 의로움이 있기 때문이다. 그러므로 의로움으로써 사람들을 분별지우면 화합하게 되고, 화합되면 하나로 뭉쳐지고, 하나로 뭉쳐지면 힘이 많아지고, 힘이 많으면 강해지고, 강하면은 만물을 이겨낼 수가 있는 것이다. 그러므로 사람들은 집을 짓고 살 수가 있는 것이다.

　그러므로 사철의 질서(秩序)를 따라 만물을 성장(成長)케 하여 온 천하를 함께 이롭게 하는 것은, 다른 까닭이 아니라 바로 분별과 의로움을 지니고 있기 때문인 것이다.

　水火有氣而無生, 草木有生而無知, 禽獸有知而無義, 人有氣有生有知, 亦且有義, 故最爲天下貴也.

　力不若牛, 走不若馬, 而牛馬爲用何也? 曰, 人能羣, 彼不能羣也. 人何以能羣? 曰, 分. 分何以能行?

曰, 義. 故義以分則和, 和則一, 一則多力, 多力則彊, 彊則勝物. 故宮室可得而居也.

故序四時, 裁萬物, 兼利天下, 無它故焉, 得之分義也.

- 氣(기) : 기운. 에너지 같은 것.
- 羣(군) : 여럿이 모여 서로 협조하며 사회생활을 해나가는 것.
- 分(분) : 분별. 사회적인 신분의 구별.
- 宮室(궁실) : 여기서는 사람들이 사는 일반적인 「집」.
- 序(서) : 질서를 따르는 것.
- 裁(재) : 成(성)과 통하여, 만물을 성장케 하는 것.

*사람이 짐승들보다 힘이 약한 데도 짐승들을 지배하게 된 것은, 사람은 서로 협동하며 여럿이 사회생활을 해나가기 때문이라 한다. 그런데 사람들이 사회생활을 할 수 있는 것은, 사람이란 자기들의 신분을 구별하여 각자 자기 분수를 지키며 살아갈 줄 알기 때문이다. 그리고 또 여기에서 질서가 유지되는 것은 사람들은 이러한 신분의 구분을 의로움에 입각하여 하기 때문이라는 것이다. 따라서 올바른 정치란 정의에 입각한 올바른 신분의 구별을 통하여 가능하다는 것이다.

17.

따라서 사람은 태어나면서 여럿이 모여 돕고 살지 않을 수가 없는 것이다. 여럿이 모여 살면서도 신분의 분별이 없다면 곧 다투게 될 것이고, 다투면 혼란해지고, 혼란하면 서로 떨어져 나가게 되고, 떨어져 나가면 곧 약해지며, 약해지면 곧 만물을 이겨낼 수가 없게 될 것이다. 그러면 사람들은 집에 살 수가 없게 될 것이다. 잠시라도 예의를 버려서는 안된다고 말하는 것은 이 때문이다.

어버이를 잘 섬기는 것을 효도라 말하고, 형을 잘 섬기는 것을 우애 있다고 말하고, 윗사람을 잘 섬기는 것을 순(順)하다고 말하고, 아랫사람을 잘 부리는 것을 임금이라고 말한다.

임금이란 여럿이 모여 잘 살도록 해주는 사람이다. 여럿이 모여 사는 방법이 합당하면, 곧 만물도 모두 그들에게 합당케 되며, 여러 가지 가축들도 모두 그들대로 잘 자라게 될 것이며, 여러 생물도 모두 그들의 목숨대로 살게 될 것이다.

故人生不能無羣, 羣而無分則爭, 爭則亂, 亂則離, 離則弱, 弱則不能勝物. 故宮室不可得而居也. 不可

少頃舍禮義之謂也.

能以事親, 謂之孝, 能以事兄, 謂之弟, 能以事上,
謂之順, 能以使下, 謂之君.

君者善羣也. 羣道當, 則萬物皆得其宜, 六畜皆得
其長, 羣生皆得其命.

- 少頃(소경) : 잠깐, 짧은 동안.
- 六畜(육축) : 여섯 가지 가축. 곧 말, 소, 양, 돼지, 개, 닭을 말
  한다.

　*사람들은 여럿이 모여 서로 도우며 잘 살아가야 한다. 임
금은 사람들이 잘 모여 살도록 지배하는 사람이다. 따라서 임
금은 백성들이 자기의 처지와 신분을 잘 지키도록 하여야 한
다. 사람들이 올바로 모여 살게 된다면, 곧 자연의 만물이나 여
러 가축들까지도 자연의 섭리대로 잘 변화하고 자라게 된다는
것이다. 여기에선 사람의 도(人道)는 땅의 도(地道)나 하늘의
도(天道)로 통하는 것이라 한 중용(中庸)의 말과도 통한다.

18.

　그러므로 기르는 것이 때에 알맞으면 곧 여러 가지 가
축이 자라나고, 죽이고 살리는 것을 제때에 하면 곧 풀과

나무가 무성해지고, 정치하는 명령을 제때에 내리면 곧 백성들이 통일되고 어진 이와 훌륭한 이들이 복종하게 된다.

성왕(聖王)의 제도는, 풀과 나무가 꽃 피고 자라날 때에는 곧 도끼를 산과 숲에 들여보내지 않음으로써, 그 생명을 일찍 뺏지 않고, 그 성장을 중단케 하지 않는다. 큰 자라 · 악어 · 물고기 · 자라 · 미꾸라지 · 전어 등이 알을 깔 때에는 그물과 독약을 못 속에 들여놓지 않음으로써, 그 생명을 일찍 빼앗지 않고 그 성장을 중단시키지 않는다. 봄에는 밭 갈고 여름에는 김매며, 가을에는 수확하고, 겨울에는 저장하는 네 가지 일들을 철을 놓치지 않고 함으로, 곡식들이 모자라지 아니하고 백성들은 먹고도 남음이 있게 되는 것이다. 웅덩이와 못과 늪과 강물과 호수에 철에 따른 고기잡이를 삼가 금함으로, 고기와 자라가 더욱 많아져서 백성들은 쓰고도 남음이 있게 되는 것이다. 나무를 베고 기르고 하는 것을 알맞은 때를 놓치지 않고 함으로, 산과 숲은 벌거숭이가 되지 아니하고 백성들은 쓰고도 남을 재목을 갖게 되는 것이다.

성왕의 역할은, 위로는 하늘을 살피고 밑으로는 땅에 적절히 알맞추어, 하늘과 땅 사이에 가득히 차게 하며 만물 위에 작용을 가하는 것이다. 미세(微細)한 듯하면서도 뚜렷하고, 짧은 듯하면서도 길고, 좁은 듯하면서도 넓어서 신통하고도 밝고, 넓고도 좁으면서도 지극히 간략한 것이다.

그러므로 한 가지 원칙과 한 가지 원리는 바로 사람들을 위하여 있는 것이며, 이것을 행함을 두고 성인(聖人)이라 말하는 것이다.

故養長時, 則六畜育, 殺生時, 則草木殖, 政令時, 則百姓一, 賢良服.

聖王之制也, 草木榮華滋碩之時, 則斧斤不入山林, 不夭其生, 不絶其長也. 黿鼉魚鱉鰌鱣孕別之時, 罔罟毒藥不入澤, 不夭其生, 不絶其長也. 春耕夏耘, 秋收冬藏, 四者不失時, 故五穀不絶, 而百姓有餘食也. 汙池淵沼川澤, 謹其時禁, 故魚鱉優多, 而百姓有餘用也. 斬伐養長, 不失其時, 故山林不童, 而百姓有餘材也.

聖王之用也, 上察於天, 下錯於地, 塞備天地之間, 加施萬物之上. 微而明, 短而長, 狹而廣, 神明博大以至約. 故曰, 一與一, 是爲人者, 謂之聖人.

- 時(시) : 제때에 알맞추어 하는 것.
- 殖(식) : 무성하게 번식하는 것.
- 榮華(영화) : 한창 꽃피는 것.
- 滋碩(자석) : 한창 자라는 것.
- 斧斤(부근) : 도끼.
- 夭(요) : 요절(夭折). 젊어서 일찍 죽는 것.
- 黿(원) : 큰 자라.
- 鼉(타) : 악어.
- 鱉(별) : 자라.
- 鰌(추) : 추어(鰍魚). 미꾸라지.
- 鱣(전) : 전어.
- 孕別(잉별) : 알에서 새끼가 깨어나는 것.
- 罔罟(망고) : 그물.
- 耕(경) : 밭 가는 것.
- 耘(운) : 김매는 것.
- 汙(오) : 웅덩이.
- 沼(소) : 늪.
- 斬伐(참벌) : 나무를 베어내는 것.
- 童(동) : 산이 벌거숭이가 되는 것.
- 錯(조) : 알맞게 조치하는 것.
- 塞備(색비) : 만물이 가득히 차는 것. 備자는 滿(만)자의 잘못 (荀子集解).
- 一與一(일여일) : 앞의 一은 「한 가지 원칙으로 만 가지 일을 한다.」(以一行萬)는 「한 가지 원칙」, 뒤의 一은 「농군은 농

사짓고, 선비는 벼슬하고, 공인은 물건을 만들고, 상인은 장사를 하는 것은, 한 가지 원리에 의한 것이다.」(農農, 士士, 工工, 商商, 一也.)는 「한 가지 원리」를 가리킨다.

 *동물이나 식물은 철에 맞추어 보호해 주고 관리해 주고 하여야만 풍부한 자원(資源)으로 이룩된다. 농사도 물론 철에 맞추어 제때에 지어야만 한다. 이처럼 정치하는 사람이 때를 맞추어 자원을 관리한다는 것은, 하늘의 현상이나 땅의 사정에 적절히 맞추는 것이며, 이것이 바로 성인(聖人)의 다스림이라는 것이다.

 19.
 관직의 질서는 다음과 같다. 재작(宰爵)은 손님 대접, 제사와 잔치, 제물로 쓰이는 짐승에 관한 일들을 관장한다. 사도(司徒)는 여러 집안과 성곽(城郭)과 쓰이는 용구에 관한 일들을 관장한다. 사마(司馬)는 군대나 무기와 전차와 군사들에 관한 일들을 관장한다.
 법과 법령을 밝히고 시가(詩歌)들을 살피며 음탕한 음악을 금하여 때에 알맞게 따르고 닦게 함으로써, 오랑캐의 풍속과 사악(邪惡)한 음악이 감히 우아함을 어지럽히지 않도록 하는 것은 태사(太師)의 일이다.

제방과 다리를 수축(修築)하고, 도랑과 수로(水路)를 치며, 흐르는 물을 소통(疏通)케 하고, 저수지의 물을 안정시키며, 때에 일맞게 드고 막고 하여 비록 흉년이나 장마 또는 가뭄이 든다 하더라도 백성들로 하여금 김매고 거둘 것이 있게 하는 것은 사공(司空)의 일이다.

높고 낮은 땅을 살피고 땅이 기름진지 메마른지 보며, 오곡(五穀)을 분별하여 심고 농사 일을 돌보아 주며, 저장을 엄히 함으로써 때에 알맞게 따르고 닦게 하여, 농부들로 하여금 힘을 내어 농사짓고 다른 재주를 피지 않도록 하는 것은 치전(治田)의 일이다.

산불을 놓는 법령을 밝히고 산림과 늪이나 못의 풀과 나무 및 물고기와 자라와 여러 가지 채소들을 기르며, 때에 맞추어 채취(採取)를 금하기도 하고, 금지를 풀어주기도 하여 나라로 하여금 쓸 물건이 풍족하고 재물이 딸리는 일이 없도록 하는 것은 우사(虞師)의 일이다.

序官, 宰爵知賓客, 祭祀·饗食·犧牲之牢數. 司徒知百宗·城郭·立器之數. 司馬知師旅·甲兵·乘白之數.

脩憲命, 審詩商, 禁淫聲, 以時順脩, 使夷俗邪音
不敢亂雅, 大師之事也. 脩隄梁, 通溝澮, 行水潦, 安
水藏, 以時決塞, 歲雖凶敗水旱, 使民有所耘艾, 司
空之事也.

相高下, 視肥墝, 序五種, 省農功, 謹蓄藏, 以時順
修, 使農夫樸力而寡能, 治田之事也. 脩火憲, 養山
林藪澤魚鱉百索, 以時禁發, 使國家足用, 而財物不
屈, 虞師之事也,

- 序官(서관) : 관직(官職)의 질서.
- 宰爵(재작) : 주례(周禮)에 보이는 태재(太宰)에 해당하는 관직. 진(秦)나라 관직에서는 주재(主宰)라 하였다.
- 知(지) : 관장하는 것, 맡아 처리하는 것.
- 饗食(향식) : 향연(饗宴), 잔치.
- 犧牲(희생) : 제물로 바치는 소나 양 같은 짐승.
- 牢(뢰) : 제물로 쓰이는 짐승.
- 數(수) :「일정한 일」을 가리킨다.
- 司徒(사도) : 요순시대부터 있던 벼슬 이름. 주(周)나라 제도에는 지관(地官)에 속하며, 대사도(大司徒)는 육경(六卿) 가운데의 하나였다.
- 百宗(백종) : 백족(百族). 여러 종족(宗族)들.
- 郭(곽) : 외성(外城).
- 立器(입기) : 일정하게 사용되는 용구들.

- 司馬(사마) : 요순시대부터 있던 벼슬. 주나라 제도에는 하관(夏官)에 속하며, 대사마(大司馬)는 육경(六卿) 중의 한 사람이었다.
- 師旅(사려) : 군대. 주나라에선 군사 2,500명이 사(師), 500명이 려(旅)였다.
- 甲兵(갑병) : 갑옷과 병기.
- 乘(승) : 전차(戰車).
- 白(백) : 전차를 따르는 갑사(甲士) 3명과 보졸(步卒) 72명을 가리킨다.
- 憲命(헌명) : 법과 정부의 명령.
- 審(심) : 살피는 것.
- 詩商(시상) : 商은 章(장)과 통하여 「시가(詩歌)」의 뜻. 옛날의 시란 노래의 가사였다.
- 大師(태사) : 악관(樂官)의 우두머리.
- 隄梁(제량) : 제방(堤防)과 교량(橋梁).
- 溝澮(구회) : 도랑과 수로(水路). 溝는 작은 또랑, 澮는 큰 수로.
- 行(행) : 유통케 하는 것.
- 水潦(수노) : 흘러다니는 물.
- 水藏(수장) : 저수지의 물. 물이 낮은 곳에 잘 고이는 것.
- 決塞(결색) : 물길을 트기도 하고, 막기도 하는 것.
- 水旱(수한) : 장마와 가뭄.
- 耘艾(운예) : 耘은 김매는 것, 艾는 刈(예)와 통하여, 곡식을 베어들이는 것.

- 司空(사공) : 요순시대부터 있던 나라의 토목공사를 관장하는 관리. 주나라 제도에선 동관(冬官)에 속하며, 대사공(大司空)은 육경(六卿) 가운데의 한 사람이었다.
- 相(상) : 보고 살피는 것.
- 高下(고하) : 높은 땅과 낮은 땅.
- 肥墝(비요) : 땅이 비옥(肥沃)한 것과 메마른 것.
- 五種(오종) : 다섯 가지 곡식. 오곡. 차기장 · 메기장 · 콩 · 삼 · 보리의 다섯 가지.
- 省(성) : 보살피는 것.
- 農功(농공) : 농사 일.
- 樸力(박력) : 착실히 힘내어 일하는 것.
- 寡能(과능) : 능력을 딴 곳에 발휘하지 않는 것.
- 火憲(화헌) : 산야(山野)에 불을 놓는데 관한 법률.
- 藪(수) : 큰 늪.
- 百索(백색) : 索은 素(소)자가 잘못 씌어진 것, 素는 蔬(소)와 통하여, 百素는 여러 가지 채소(菜蔬).(王引之)
- 屈(굴) : 다하는 것, 모자라는 것.
- 虞師(우사) : 우인(虞人) 또는 우(虞)라고도 부르며, 산과 못 등을 관리하는 사람.

* 여기에선 순자 시대의 중요한 관직에 대하여 설명하고 있다. 혼란했던 전국시대라서 올바른 관계(官制)가 무너져 가고 있었음으로, 이를 바로잡는 뜻에서 썼다고 보여진다. 주례(周

禮)를 참조하며 읽으면 재미있을 것이다.

20.

고을과 마을을 잘 다스리고, 점포와 주택(住宅)들의 한계를 정하고, 여러 가지 가축을 기르게 하며, 심고 기르는 일에 익숙케 하며, 교화를 따르도록 권하고, 효도와 우애를 행하도록 하여, 때에 알맞추어 따르고 닦게 함으로써, 백성들로 하여금 명령을 따르고 안락하게 고을에 살도록 하는 것은 향사(鄕師)의 일이다.

여러 공인들의 기술을 조사하고, 철에 따르는 일들을 살피고, 잘 만들고 못 만든 것을 분별하여 튼튼하고 편리한 것을 중시하게 하며, 쓰는 용구들을 편리하게 하고, 조각이나 무늬들을 감히 자기 집에서 멋대로 만들지 못하도록 하는 것은 공사(工師)의 일이다.

음(陰)과 양(陽) 두 기(氣)를 살피어 자연 변화와 여러 가지 조짐들을 점치고, 거북 껍질에 구멍을 뚫기도 하고, 점가치를 벌려놓고 점괘를 보기도 하며, 불결한 것을 쫓고 길한 것을 취하며, 비 오고, 비 개고, 구름 끼고, 날이 맑고, 흐렸다 맑았다 하는 다섯 가지 점치는 일을 주관하여 그 길하고 흉한 것과 요사스럽고 상서로움을 알아내는 것은, 꼽추 무당과 절름발이 박수(覡)의 일이다.

무덤이나 변소 같은 곳을 깨끗이 하고 길을 보수(補修)하며, 도적들을 단속하고 여관이나 상점들을 고루 배치하여 때에 알맞게 따르고 닦도록 함으로써, 여행하는 나그네들을 편안히 해주고 재물들을 유통케 하는 것은 치시(治市)의 일이다.

성실한 사람을 가려내고, 흉악한 자를 금하고, 음란한 자를 막고, 간사한 자를 없애며, 다섯 가지 형벌로써 처벌하여 난폭하고 흉학한 자들을 감화시키며 간사한 자들이 생겨나지 않게 하는 것은 사구(司寇)의 일이다.

정치와 교육을 근본으로 하여 법칙을 바로잡아 여러 사람들의 말을 널리 들어 때에 알맞게 이를 참고하며, 그의 공로를 헤아리어 그의 상을 심의하여 때에 알맞게 신중히 정리함으로써 모든 관리들로 하여금 다 같이 힘쓰게 하며, 백성들로 하여금 게으름 피지 않게 하는 것은 총재(冢宰)의 일이다.

예의와 음악을 논하고 행동을 바로잡아 교화를 넓히고 풍속을 아름답게 함으로써, 모든 사람들을 보호하여 하나로 조화시키는 것은, 벽공(辟公)의 일이다.

도덕을 온전히 하고 높은 윤리를 세우며 형식과 무늬를 정리하여 천하를 통일하며 터럭 끝만한 일도 드러내어, 온천하로 하여금 친하게 따르며 복종하지 않는 이 없도록 하는 것은 천왕(天王)의 일이다.

그러므로 정치하는 일이 혼란한 것은 총재(冢宰)의 죄가 되고, 나라의 풍속이 나빠지는 것은 벽공(辟公)의 잘못이 되고, 천하가 통일되지 못하고 제후들이 배반하는 것은, 곧 천왕(天王)이 합당한 사람이 못되기 때문인 것이다.

順州里, 定廛宅, 養六畜, 閒樹藝, 勸敎化, 趨孝弟, 以時順脩, 使百姓順命安樂處鄕, 鄕師之事也. 論百工, 審時事, 辨功苦, 尙完利, 便備用, 使雕琢文采不敢專造於家, 工師之事也.

相陰陽, 占祲兆, 鑽龜陳卦, 主攘擇五卜, 知其吉凶妖祥, 傴巫·跛擊之事也. 脩採淸, 易道路, 謹盜賊, 平室律, 以時順修, 使賓旅安而貨財通, 治市之事也. 扤急禁悍, 防淫除邪, 戮之以五刑, 使暴悍以變, 姦邪不作, 司寇之事也.

本政敎, 正法則, 兼聽而時稽之, 度其功勞, 論其慶賞, 以時愼修, 使百吏免盡, 而衆庶不偸, 冢宰之

事也. 論禮樂, 正身行, 廣敎化, 美風俗, 兼覆而調
一, 辟公之事也. 全道德, 致隆高, 綦文理, 一天下,
振毫末, 使天下莫不順比從服, 天王之事也.

故政事亂, 則冢宰之罪也, 國家失俗, 則辟公之過
也, 天下不一, 諸侯俗反, 則天王非其人也.

- 順(순) : 순조롭게 다스리는 것.
- 廛宅(전택) : 전방과 일반 주택.
- 閒(한) : 한습(閑習). 익숙케 하는 것.
- 樹藝(수예) : 나무와 곡식을 심고 가꾸고 하는 것.
- 趣(추) : 促(촉)과 통하여 …을 지키도록 강요하는 것.
- 鄕師(향사) : 주례(周禮)에선 지관(地官)에 속하는 관리. 공경
  (公卿)에 해당하는 벼슬이다.
- 論(논) : 여러 공인들의 기술을 조사하는 것.
- 時事(시사) : 철에 따르는 일. 제철에 하여야 할 일.
- 功苦(공고) : 물건을 잘 만들고 못 만든 것.
- 完利(완리) : 튼튼하고 편리한 것.
- 雕琢(조탁) : 조각(雕刻).
- 專造(전조) : 사조(私造). 개인이 멋대로 만드는 것.
- 工師(공사) : 공인들을 관리하는 관원의 우두머리. 예기(禮記)
  에도 보임.
- 相(상) : 살펴보는 것.
- 祲兆(침조) : 祲은 해무리 같은 자연 변화, 兆는 조짐, 징후(徵

候).

- 鑽龜(찬구) : 거북점을 칠 때 거북 껍질을 불로 지져 구멍을 내는 것, 그때 생기는 균열(龜裂)에 의하여 길흉(吉凶)을 판단한다.
- 陣卦(진괘) : 역점(易占)을 칠 때 시초(蓍草)로 만든 점가치를 늘어놓아 괘를 만드는 것.
- 攘擇(양택) : 攘은 상서롭지 못한 것을 몰아내는 것, 擇은 길한 일을 골라 하는 것.
- 五卜(오복) : 비 오고, 비 개고, 구름 끼고, 날이 맑고, 흐렸다 맑았다 하는 다섯 가지 조짐으로 점을 치는 것.
- 傴巫(구무) : 꼽추 무당.
- 跛擊(파격) : 擊은 覡(격)과 통하여 「절름발이 박수」, 옛날에는 몸에 결함이 있는 사람들이 점치는 것을 배워 업으로 삼았었다.
- 採清(채청) : 무덤이나 변소 같은 더러워지기 쉬운 곳을 청소하는 것.
- 易(이) : 보수(補修)하여 편하게 하는 것.
- 謹(근) : 엄히 단속하는 것.
- 室律(실율) : 律은 肆(사)의 잘못. 室은 여관 같은 집, 肆는 상점 같은 집.
- 治市(치시) : 주례(周禮)의 야려씨(野廬氏)의 직위. 지금의 시장(市長)에 해당할 것이다.
- 抃急(변급) : 抃은 析(석), 急은 愿(원)의 잘못. 析愿은 성실한 사람들을 가리어내는 것.

- 悍(한) : 악하고 사나운 것.
- 五刑(오형) : 얼굴에 먹물 들이는 형벌인 묵형(墨)·코베는 형벌(劓)·다리 자르는 형벌(刖)·불알 까기(宮)·사형(大 辟)의 다섯 가지 형벌. 중국에서 요순시대부터 이 다섯 가지 체형(體刑)이 쓰여졌다.
- 司寇(사구) : 하(夏)·은(殷) 대부터 있던 벼슬 이름. 주나라에 선 추관(秋官)에 속했으며 육경(六卿) 중의 한 사람이었다.
- 兼聽(겸청) : 여러 사람의 의견을 다 받아들이는 것.
- 稽(계) : 상고하는 것, 참고하는 것.
- 度(탁) : 헤아리는 것, 조사하는 것.
- 免盡(면진) : 免은 勉(면)과 통하여 「모두가 힘써 일하는 것.」
- 偸(투) : 몰래 꾀를 부리며 게으름 피는 것.
- 冢宰(총재) : 태재(太宰)라고도 불렀으며, 모든 관리를 통할하 는 후세의 재상(宰相)과 비슷한 벼슬. 주례에선 천관(天官)에 속한다.
- 兼覆(겸복) : 모두를 덮어 보호해 주는 것.
- 調一(조일) : 하나로 조화시키는 것.
- 辟公(벽공) : 제후(諸侯)들을 가리킨다. 혹은 나라의 문교(文 教)를 맡은 장관.
- 隆高(융고) : 높은 윤리를 세우는 것.
- 綦(기) : 뚜렷이 조리(條理)를 드러내는 것.
- 文理(문리) : 외형적인 형식. 예의와 옷·수레 등의 무늬를 통털어 말한다.
- 振(진) : 드러내는 것.

• 毫末(호말) : 터럭 끝만 한 작은 일.
• 順比(순비) : 친근히 따르는 것.
• 俗反(속반) : 俗은 욕(欲)과 통하여 「배반」의 뜻.

*앞단에 이어 여러 장관과 임금의 직분을 설명하고 있다. 여러 장관들과 임금이 각자의 직분을 다할 때 세상은 평화롭고 살기 좋게 되는 것이다.

21.

갖추어야 할 조건이 갖추어지면 왕자가 되고, 갖추어야 할 조건이 갖추어지면 패자가 되고, 갖추어야 할 조건이 갖추어지면 편히 존속(存續)할 수 있고, 망할 조건이 갖추어지면 멸망하고 만다.

만승(萬乘)의 큰 나라를 다스리고 있는 사람이라면, 위세와 강한 힘이 드러나 있어야 되고, 명성이 아름다워야 되고, 적들이 굴복하여야 된다. 나라가 편안하기도 하며 위태롭기도 하며, 정치가 잘 되기도 하고 잘못되기도 하는 것은, 원인이 모두 자기에게 있는 것이지 남에게 있는 것은 아니다. 왕자가 되기도 하고 패자가 되기도 하며, 편안하게 살아가기도 하고 위태롭게 되거나 멸망해 버리

는 것은, 원인이 모두 나에게 있는 것이지 남에게 있는
것은 아니다.

대체로 위세와 힘이 이웃의 적국을 위태롭게 하지 못
하고 명성은 천하에 드리워지지 못한다면, 곧 이것은 나
라가 아직 독립하지 못하고 있는 것이니, 어찌 그가 밖으
로 부터의 위해(危害)를 면할 수가 있겠는가? 온 천하가
포악한 나라에 협박을 당하여 그 편이 되어가지고 내가
바라지 않는 일을 한다면, 이에 날마다 걸(桀)왕과 같은
일과 같은 행동을 하게 되어 요(堯)임금처럼 될 수 없는
것도 아니었지만, 이제는 공명을 이룰 길이 없게 되고,
멸망해가는 나라를 구하고 위험해진 나라를 안정시킬 길
이 없게 될 것이다.

공로와 명성을 이룩하는 길과 멸망해가는 나라를 구
하고 위험해진 나라를 안정시키는 길은, 반드시 안락하
고 흥성케 하기 위하여 순수한 마음을 발휘할 수 있는 데
있다. 진실로 그 나라를 왕자에게 어울리는 나라로 만든
다면 곧 왕자가 될 것이며, 그 나라를 위태롭고 멸망할
나라로 만든다면, 곧 위태롭고 멸망하게 될 것이다.

具具而王, 具具而霸, 具具而存, 具具而亡.

用萬乘之國者, 威彊之所以立也, 名聲之所以美
也, 敵人之所以屈也. 國之所以安危臧否也, 制與在
此, 亡乎人, 王霸安存危殆滅亡, 制與在我, 亡乎人.

夫威彊未足以殆隣敵也, 名聲未足以縣天下也, 則
是國未能獨立也, 豈渠得免夫累乎? 天下脅於暴國
而黨, 爲吾所不欲, 於是者日與桀同事同行, 無害爲
堯, 是非功名之所就也, 非存亡安危之所墮也.

功名之所就, 存亡安危之所墮, 必將於愉殷赤心之
所. 誠以其國爲王者之所, 亦王, 以其國爲危殆滅亡
之所, 亦危殆滅亡.

- 具具(구구) : 갖추어야만 할 자격, 또는 요건을 갖추고 있는
  것.
- 萬乘(만승) : 만 개의 전차(戰車). 옛날 천자는 만승, 제후는
  천승이 보통이었다.
- 所以立(소이립) : 만승의 큰 나라는 위세와 강한 힘을 「발휘
  하는(立) 근거(所以)가 되어야 한다.」
- 臧否(장부) : 좋고 나쁜 것, 정치가 잘 되고 안 되는 것.
- 制(제) : 법칙, 원인.
- 與(여) : 擧(거)와 통하여 「모두」, 「다」(荀子集解).
- 亡乎人(망호인) : 남에게 있는 것은 아니다, 남에겐 없다.
- 縣(현) : 懸(현)과 통하여, 세상에 「드리워지는 것.」

- 渠(거) : 그 나라.
- 累(루) : 밖으로부터 가해지는 위해(危害).
- 黨(당) : 한 무리가 되는 것.
- 無害爲堯(무해위요) : 요임금처럼 되는데 아무런 해가 없다, 요임금처럼 될 수 없는 것은 아니다.
- 墮(타) : 隨(수)와 통하여, 따르는 것, 길이 되는 것.
- 愉(유) : 즐거운 것, 안락한 것. 殷(은) 흥성한 것.
- 赤心(적심) : 본심. 본시의 순수한 나라를 잘 다스리려는 마음.
- 誠(성) : 진실로, 정말로.

* 나라를 다스리는 사람이 왕자도 되고 패자도 되며, 혹은 멸망하기도 하는 것은 모두 자기가 그렇게 만드는 것이다. 나라를 다스리는 사람은 위세와 힘이 드러나야 되고, 명성이 아름다워야 되고, 적국이 굴복해 와야 된다. 남에게 위압을 주지 못하고 오히려 남의 협박에 끌리어 간다면, 이는 독립한 나라라 할 수 없으며 필경은 나라가 위태로워질 것이다. 이처럼 나라가 잘 되고 못되는 것은 원인이 모두 자기에게 있는 것이지 남에게 있는 것은 아니다. 나라를 다스리는 사람은 자기가 왕자가 될 수 있도록 여러 가지 요건을 만들어가야만 한다는 것이다.

22.

홍성한 날에는 이에 중심을 세워가지고 한편으로 기울어지는 일이 없으며, 종횡(縱橫)으로 여러 가지 일을 하면서 편안히 군사들을 자제시켜, 움직이지 않으면서 저 포악한 나라들이 서로 싸우는 것을 관망(觀望)하는 것이다. 정치와 교화를 고르게 하고 자세한 절도(節度)까지도 살피며 백성들을 독려(督勵)한다면, 바로 이날로 군대는 천하에서 가장 강하게 될 것이다. 그리고 어짊과 의로움을 닦고 높은 윤리를 존중하며 법칙을 바로잡고, 어질고 훌륭한 이를 뽑아 쓰며 백성들을 잘 먹여 살린다면, 바로 이날로 명성은 천하에서 가장 아름답게 될 것이다.

권세는 무겁고, 군대는 강하고, 명성은 아름답다면, 요임금이나 순임금이 천하를 통일할 적에도 이보다 터럭끝만큼이라도 더 잘할 수는 없었던 것이다.

권모술수(權謀術數)를 쓰고 나라를 기울어뜨리는 사람을 물리치면, 곧 어질고 훌륭한 사람과 지혜 있고 덕 있는 선비들이 스스로 나아오게 될 것이다.

형벌과 정치가 공평하고 백성들이 화락(和樂)하며 나라 풍속에 절도가 있다면, 곧 군대는 강해지고 성은 굳건해져서 적국은 스스로 굴복해 오게 될 것이다. 자기 본시의 일에 힘쓰며 재물을 모으면서 놀고 먹으며 낭비하지 않는다면, 이에 여러 신하들과 백성들로 하여금 모두 제도를 따라 행동하게 할 것임으로, 곧 재물이 쌓이어 나라는 스스로 부해질 것이다.

위의 세 가지 일이 여기에 갖추어진다면, 천하가 굴복하게 되어 포악한 나라의 임금도 스스로 그의 군대를 쓸 수가 없게 될 것이다. 왜 그런고 하니, 그에게 편이 되어 주는 자가 없을 것이기 때문이다.

殷之日, 案以中立, 無有所偏, 而爲縱橫之事, 偃然案兵無動, 以觀夫暴國之相卒也. 案平政敎, 審節奏, 砥礪百姓, 爲是之日而兵勁天下勁矣. 案然修仁義, 伉隆高, 正法則, 選賢良, 養百姓, 爲是之日而名聲勁天下之美矣. 權者重之, 兵者勁之, 名聲者美之, 夫堯舜者一天下也. 不能加毫末於是矣.

權謀傾覆之人退, 則賢良知聖之士案自進矣. 刑政平, 百姓和, 國俗節, 則兵勁城固, 敵國案自詘矣. 務本事, 積財物, 而物忘棲遲薛越也, 是使羣臣百姓, 皆以制度行, 則財物積, 國家案自富矣.

三者體此, 而天下服, 暴國之君, 案自不能用其兵

矣. 何則彼無與至也.

- 殷(은) : 나라가 흥성한 것.
- 案(안) : 安으로도 쓰며, 아래에도 자주 나오는데 모두 어조사, 아무 뜻도 없음.
- 中立(중립) : 중심을 세우는 것.
- 偏(편) : 한편으로 치우치는 것.
- 縱橫(종횡) : 좌우로 이리저리 멋대로 하는 것.
- 偃然(언연) : 편안한 모습.
- 案兵(안병) : 여기에서만은 案자가 按(안)의 뜻으로 쓰여 「군대를 억누르는 것.」
- 卒(졸) : 捽(졸)과 통하여, 서로 부딪쳐 싸우는 것.
- 節奏(절주) : 일의 세세한 절도(節度).
- 砥礪(지려) : 본시는 「숫돌」의 뜻, 여기서는 숫돌에 물건을 갈 듯 「독려(督勵)」하는 것.
- 爲是之日(위시지일) : 바로 이날로.
- 嫥(전) : 專(전)과 통하여 「오로지 한다」, 「가장 뛰어난다」는 뜻.
- 勁(경) : 힘이 센 것.
- 案然(안연) : 然자는 잘못 붙은 것. 아무 뜻도 없는 어조사.
- 亢(항) : 抗(항)과 통하여 「높히는 것」, 「존중하는 것」
- 隆高(융고) : 높은 사회 윤리(倫理).
- 權謀(권모) : 권모술수. 권세나 모략을 이용하는 것.
- 傾覆(경복) : 나라를 기울어뜨리는 것.

- 詘(굴) : 屈(굴)과 통하여 「굴복」의 뜻.
- 本事(본사) : 각자가 본래 맡고 있는 직분.
- 忘(망) : 잘못 끼어든 글자.
- 棲遲(서지) : 편히 놀고 먹는 것.
- 薛越(설월) : 屑越(설월)로도 쓰며 「물건을 아끼지 않고 함부로 낭비하는 것」.
- 三者(삼자) : 명성과 군력(軍力)과 국부(國富)의 세 가지.
- 體(체) : 갖추어지는 것, 형성되는 것.
- 與(여) : 편을 드는 것.

* 왕자는 천하를 울리는 명성과 적국을 위압하는 군사력과 풍부한 나라의 부(富)가 있어야 한다는 것이다. 이 세 가지는 정치를 잘하여 백성들을 잘 살게 해주며, 어짊과 의로움을 존중하고 어진 선비를 등용하면 갖추어진다. 요임금이나 순임금 같은 성인도 이 세 가지로써 천하를 통일했다는 것이다.

올바르게 정치를 하고 국민들을 잘 살게 함으로써 얻어지는 왕자로서의 명성과 함께 군사력과 나라의 부를 이처럼 중시하고 있는 것은 순자의 성격을 잘 설명하는 것이다. 공자나 맹자는 임금이 왕자로서의 명성을 얻기만 하면 자연히 백성들이 모여들어 나라가 강해지고 부해진다고 생각하였다. 현실적으로 군사력을 기르고 나라의 부를 쌓는 방법을 크게 강구하지 않는 것은, 사람의 덕(德)과 직접 관계가 없는 이러한 인위적인 정치는 결과적으로 이상적인 것이 못된다고 생각했었기 때문이다.

23.

그의 편을 들어주는 사람이란 반드시 그의 백성들일 것이다. 그런데 그 백성들이 나와 친근하기를 부모들이 나를 좋아하듯 기뻐하며 난초처럼 향기로운 듯이 좋아하면서, 반대로 그의 임금을 볼 적에는 살갗을 불로 지지어 묵형(墨刑)을 가하듯 하며 원수를 보듯 한다. 사람들의 감정과 성격으로 말한다면, 비록 걸(桀) 같은 폭군이나 도척(盜跖) 같은 도적이라 하더라도 어찌 그가 싫어하는 사람을 위하여 그가 좋아하는 사람을 해치려 들 이가 있겠는가? 그는 이미 나라를 빼앗긴 거나 같은 것이다.

그러므로 옛날 사람 중에는 한 나라를 가지고 시작하여 천하를 차지한 사람이 있었지만, 그것은 그가 가서 빼앗은 것이 아니라 정치를 제대로 하여 모두가 이러한 정치를 흠모(欽慕)하게 됨으로써, 포악한 자를 처벌하고 흉악한 자를 금할 수 있었기 때문인 것이다. 그러므로 주공(周公)이 남쪽을 정벌하면 북쪽 나라들은 원망하면서,

「어째서 이곳은 정벌하러 오지 않으시는가?」

하고 말하였다. 동쪽을 정벌하면 또 서쪽 나라들이 원망

하면서,

「어째서 우리만을 뒤로 미루는가?」

하고 말하였다. 누가 이와 같은 사람과 싸울 자가 있겠는
가? 그의 나라를 이처럼 다스리는 사람은 왕자가 된다.

彼其所與至者, 必其民也. 其民之親我也, 歡若父
母好我, 芳若芝蘭, 反顧其上, 則若灼黥, 若仇讎. 彼
人之情性也, 雖桀跖, 豈有肯爲其所惡賊其所好者
哉? 彼以奪矣.

故古之人, 有以一國取天下者, 非往行之也, 修政
其所, 莫不願如是, 而可以誅暴禁悍矣. 故周公南征
而北國怨, 曰何獨不來也? 東征而西國怨, 曰何獨後
我也? 孰能有與是鬪者與? 安以其國爲是者, 王.

- 芳(방) : 향그러운 것.
- 芝蘭(지란) : 지초(芝草)와 난초. 모두 향초(香草)이다.
- 灼黥(작경) : 얼굴에 묵형(墨刑, 먹물을 들이는 형벌)을 가하기
  위하여 살갗을 불로 지지는 것, 그처럼 폭군을 싫어한다는
  뜻.
- 仇讎(구수) : 원수.
- 桀跖(걸척) : 폭군 걸(桀)과 도적인 도척(盜跖).
- 往行之(왕행지) : 직접 그가 가서 천하를 뺏는 것.

• 願(원) : 흠모(欽慕)하는 것.
• 安(안) : 案과 같은 어조사.

  * 왕자는 백성들이 적극 지지해 주어야 나라를 지탱한다. 백
성들의 마음이 떠나면 그 나라는 망한 거나 다름 없다. 옛날 조
그만 나라로부터 시작하여 천하를 통일했던 임금들도, 반드시
무력으로 다른 나라들을 모두 쳐 굴복시켰던 것은 아니다. 백
성들이 모두 그 임금을 따랐기 때문에 그는 천하를 통일할 수
가 있었던 것이다.
  백성들이 진심으로 그 임금을 따르면 아무도 그 임금을 대
적 못하게 된다. 그리고 백성들이 진심으로 따르도록 정치하는
사람은 왕자가 된다.
  이것은 유가들의 사상에서 보는 민본주의(民本主義) 사상이
다. 유가들은 하늘의 명을 받고 천자가 되어 나라를 다스린다
는 천명사상(天命思想)을 떠받들어 왔지만, 한편「하늘은 백성들
을 통하여 보고 백성들을 통하여 듣는다.」(서경)고도 하였다.
곧 민심(民心)이 바로 천심(天心)이라는 것이다. 그러므로 민심
을 얻는 것이 바로 왕자의 도(王者之道)가 된다.

24.
  나라가 흥성한 날에는 군대를 평정(平靜)시키고 백성

들을 쉬게 하여 백성들을 사랑하고, 밭과 들을 개간하고 창고를 충실케 하며 쓰는 용구들을 편리하게 한다. 그리고 재능과 특기가 있는 선비들을 삼가 모집하여 뽑아 쓴다. 그런 뒤에 상을 내려주어 백성들을 선도하고, 형벌을 엄히 함으로써 백성들을 보호해 주며, 일을 할 줄 아는 선비들을 가리어 서로 통솔(統率)하게 한다. 이렇게 함으로써 편안히 재물이 쌓이고 겉모양도 꾸미어져서 쓰는 물건이 풍족하게 되는 것이다.

폭군은 무기와 갑옷과 장비들을 매일처럼 드러내놓고 들판 가운데서 부수고 꺾고 하지만, 나는 지금 그것을 잘 수선하고 간수하여 창고에다 잘 덮어둔다. 그는 재물과 양곡을 매일처럼 들 가운데서 놀면서 함부로 쓰지만, 나는 지금 그것을 창고 안에 다 모아 저축해 둔다. 그는 재능과 특기가 있는 사람, 팔 다리처럼 보좌하는 사람, 힘 있고 용감한 사람, 호위해 주는 사람들을 매일처럼 다치게 하고 원수들 앞에서 없애지만, 나는 지금 그들을 불러들이고 모두 다 등용하여 조정에서 나랏일에 힘쓰게 한다.

이렇게 한다면 그는 날로 피폐(疲弊)해 가지만 나는 날로 충실해지고, 그는 날로 가난해 가지만 나는 날로 부해지고, 그는 날로 괴로워지지만 나는 날로 편안해진다. 임금과 신하의 위아래 사이도 그들은 서로 미워하면서 나날이 서로 싫어져 떨어져 나가지만, 우리는 이제 화기(和氣)있게 나날이 서로 친애하는 사이가 될 것이다.

이렇게 함으로써 그가 피폐(疲弊)해지기를 기다리는 것이다. 그의 나라를 이렇게 다스리는 사람은 패자(霸者)가 될 것이다.

殷之曰, 安靜兵息民, 慈愛百姓, 辟田野, 實倉廩, 便備用, 安謹募選閱材伎之士, 然後漸賞慶以先之, 嚴刑罰以防之, 擇士之知事者, 使相率貫也. 是以厭然畜積修飾, 而物用之足也.

兵革器械者, 彼將日日暴露, 毀折中原, 我今將修飾之, 拊循之, 掩蓋之於府庫. 貨財粟米者, 彼將日日棲遲薛越之中野, 我今將蓄積幷聚之於倉廩, 材技股肱健勇爪牙之士, 彼將日日挫頓, 竭之於仇敵, 我今將來致之, 幷閱之, 砥礪之於朝廷.

如是則彼日積敝, 我日積完, 彼日積貧, 我日積富, 彼日積勞, 我日積佚, 君臣上下之間者, 彼將屬屬焉, 日日相離疾也. 我今將頓頓焉, 日日相親愛也.

以足待其敵. 安以其國爲是者霸.

- 安(안) : 어조사. 이하도 같음.
- 辟(벽) : 개척. 개간하는 것.
- 廩(름) : 곡식 창고.
- 率貫(솔관) : 통솔.
- 厭然(염연) : 편안한 모양.
- 兵革(병혁) : 병기와 갑옷.
- 器械(기계) : 군대의 여러 가지 장비.
- 毀折(훼절) : 부수고 꺾고 하는 것.
- 修飾(수식) : 수리하는 것.
- 拊循(부순) : 잘 만지어 간수하는 것.
- 掩蓋(엄개) : 잘 싸고 덮어두는 것.
- 樓遲(서지) : 편히 노는 것, 아무렇게나 지내는 것.
- 薛越(설월) : 함부로 낭비하는 것.
- 幷聚(병취) : 다 모으는 것.
- 股肱(고굉) : 팔 다리처럼 옆에서 보좌(輔佐)해 주는 신하.
- 健勇(건용) : 힘 있는 날랜 군사.
- 爪牙(조아) : 발톱이나 이빨처럼 외적을 공격하며 몸을 호위해 주는 군사.
- 挫頓(좌돈) : 다치는 것.
- 竭(갈) : 줄어드는 것, 없어지는 것.
- 來致(내치) : 불러 모으는 것.
- 幷閱(병열) : 모두를 등용하는 것.

• 砥礪(지려) : 숫돌에 갈 듯「일에 힘쓰는 것」.

• 積斂(적폐) : 폐해가 쌓이는 것, 더욱 피폐(疲弊)해지는 것.

• 完(완) : 온전해지는 것, 충실해지는 것.

• 佚(일) : 편안해지는 것, 안락한 것.

• 厲厲(려려) : 서로 미워하는 보양.

• 離疾(이질) : 싫어하여 떨어져 나가는 것.

• 頓頓(돈돈) : 서로 아주 친한 모양.

　＊여기에서는 패자(霸者)의 정치를 설명하고 있다. 어지러운 세상에 왕자가 되지 못한다면 적어도 패자는 돼야 한다고 생각했던 때문이다.

　덕을 쌓아 왕자가 되지는 못하더라도, 백성들을 위해 주고 전쟁을 삼가며 나라의 부를 쌓고 뛰어난 사람들을 등용한 다음 상벌을 엄히 하면 적어도 패자는 될 수 있다. 패자의 요건은 남보다 강한 군사력과 뛰어난 경제력과 훌륭한 인재들을 확보하는데 있다. 그것은 군사력과 재력과 인재들을 아껴 쓰는 데서 쌓여진다는 것이다. 남이 함부로 쓸 때 자기는 아끼면 남보다 더 늘게 될 것은 말할 것도 없다.

　이 패자의 도(霸者之道)는 어지러운 전국시대에 나라를 다스리는 현실적인 방법이었을 것이다.

25.

몸가짐은 일반 습속을 따르고, 일을 처리함에는 일반 관습을 좇고, 귀하고 천한 관리들을 임명하고 내치고 할 적에는 일반적인 선비를 등용하여, 그가 아랫사람이나 백성들을 대하는 태도는 너그럽고도 은혜로운 방법을 쓴다. 이와 같은 사람은 안락하게 존속(存續)할 것이다.

몸가짐은 가볍고도 악하고, 일을 처리함에는 되살피며 의심하고, 귀하고 천한 관리들을 임명하고 내치고 할 적에는 간사하고 교활한 자를 등용하며, 그가 아랫사람이나 백성들을 대하는 태도는, 곧 물건을 받고 빼앗고 하기를 좋아한다. 이와 같은 자는 위태로울 것이다.

몸가짐은 방자하고도 난폭하고, 일을 처리함에는 실패할 짓만 하고, 귀하고 천한 관리들을 임명하고 내치고 할 적에는 음험(陰險)하고 사기(詐欺) 잘치는 자를 등용하며, 그가 아랫사람이나 백성들을 대하는 태도는, 곧 그들의 온 힘을 다해 부리기 좋아하면서도 그들의 공로는 가벼이 여기고, 그들에게서 거둔 세금은 쓰기 좋아하면서도 그들의 본업(本業)은 잊어버린다. 이와 같은 자는 멸망하고 말 것이다.

立身則從傭俗, 事行則遵傭故, 進退貴賤則擧傭士, 之所以接下之人百姓者, 則傭寬惠. 如是者則安存.

立身則輕楛, 事行則蠲疑, 進退貴賤則擧佞侻, 之所以接下之人百姓者, 則好取侵奪. 如是者危殆.

立身則憍暴, 事行則傾覆, 進退貴賤則擧幽險詐故, 之所以接下之人百姓者, 則好用其死力矣, 而慢其功勞, 好用其籍斂矣, 而忘其本務. 如是者滅亡.

- 立身(입신) : 몸을 세우는 것, 몸가짐.
- 傭俗(용속) : 일반 사회의 습속(習俗).
- 遵(준) : 따르는 것.
- 故(고) : 예부터 행해 오는 관습.
- 之(지) : 之자는 其(기)와 같은 뜻으로 「그 사람」.
- 庸(용) : 사용. 쓰는 것.
- 寬惠(관혜) : 너그럽고 은혜로운 것.
- 楛(고) : 아주 악한 것, 苦(고)와 통함.
- 蠲疑(견의) : 밝게 되살펴보고 의심하는 것.
- 佞侻(영탈) : 간사하고 교활한 자.
- 侵奪(침탈) : 함부로 남의 것을 뺏는 것.
- 憍暴(교폭) : 방자하고 포악한 것.
- 傾覆(경복) : 기울어뜨림. 실패.
- 幽險(유험) : 음험(陰險)한 자.

• 詐故(사고) : 사기(詐欺)를 잘 치는 자.

• 死力(사력) : 죽을 힘, 온 힘.

• 慢(만) : 가벼이 여기는 것.

• 籍斂(적렴) : 세금을 거두는 것.

　＊여기서는 왕자와 패자 다음으로「그대로 임금 자리를 유지하며 존속할 사람」과「임금 자리가 위태로운 사람」,「나라를 멸망시킬 사람」의 세 종류를 설명하고 있다.

　임금이 일반 습속이나 관습을 따르며 적어도 백성들을 너그러이 사랑할 줄만 알아도 임금 자리는 유지된다. 그러면 적어도 백성들의 동정은 얻을 수 있기 때문이다. 정치를 잘못하면서도 백성들의 동정조차 얻지 못한다면 그 정도에 따라 임금은 위태로워지거나 멸망하게 된다. 임금의 자리를 유지시키는 것은 어디까지나 바로 백성들의 민심의 향배(向背)에 달린 것이라는 것이다.

26.

　이 다섯 가지 등급의 것은 잘 선택하지 않으면 안된다. 왕자·패자·편안한 존속·위태로움·멸망의 요건들은, 잘 선택하는 사람은 남을 제압하게 되고, 잘 선택하지 못하는 사람은 남에게 제압당하게 된다. 그것을 잘 선

택하는 사람은 왕자가 되고, 그것을 잘 선택하지 못하는
사람은 망하는 것이다.

대체로 왕자와 망하는 자에 대한 관계는 남을 제압하
는 것과 남에게 제압당하는 차이에서 생긴다. 이 두 가지
의 거리는 정말 먼 것이다.

此五等者, 不可不善擇也. 王・霸・安存・危殆・
滅亡之具也, 善擇者制人, 不善擇者人制之, 善擇之
者王, 不善擇之者亡.

夫王者之與亡者, 制人之與人制之也. 是其爲相縣
也, 亦遠矣.

- 五等(오등) : 왕자, 패자. 편안히 존속하는 자, 위태로운 자,
  망하는 자의 앞에서 말한 다섯 가지 등급의 임금.
- 制人(제인) : 남을 제압하다.
- 人制之(인제지) : 남이 그를 제압하다.
- 相縣(상현) : 서로 떨어져 있는 것. 거리.

*왕자나 패자 또는 편안히 존속하는 임금, 위태로운 임금,
망하는 임금이 되는 것은 앞에서 말한 요건 가운데 어느 것을
선택하여 실행하느냐 하는데 달렸다는 것이다. 그리고 그 분명

한 차이는 자기가 남을 제압하느냐 못하느냐 하는 데서 나타난다. 남을 제압하면 왕자가 되고, 남에게 제압당하면 망하고 만다는 것이다. 어지러운 전국시대의 철학다운 학설이다.

이 편을 전체적으로 볼 때 유가에 있어서의 순자의 독특한 위치가 발견될 것이다.

공자는 왕자에 대하여는 여러 가지로 말하고 있지만, 패자나 그 아래 임금에 대하여는 별로 얘기한 것이 없다. 맹자는 왕자와 패자를 엄연히 구분하고 있다. 그는 왕도정치(王道政治)를 행하는 왕자에 대하여는 존경을 아끼지 않았지만 무력을 앞세우는 패자는 엄하게 배척하였다. 그런데 순자는 같은 유가이면서도 왕도정치의 이상을 내세우는 한편, 현실적인 위정자로서는 패자까지도 모범이 될 수 있다고 생각했던 것이다. 왕자의 제도를 논한 이 편에서까지도 왕자와 함께 그 아래 패자와 편안히 존속하는 임금, 위태로운 임금, 멸망할 임금들의 존재를 인정하면서, 패도정치(覇道政治)는 왕도정치를 행하기 어려운 어지러운 세상에 있어서는 적어도 차선책(次善策)은 되는 것으로 받아들이고 있다. 순자의 패도정치에 대한 높은 평가는 왕제편 이외에도 여러 곳에 발견된다. 이것은 사람의 본성은 악하다는 「성악설(性惡說)」을 바탕으로 하여 예의라는 형식적인 규범(規範)으로 사람들의 행동이나 정치를 규제(規制)하려 했던 순자로서는 당연한 귀결(歸結)이라 할 것이다. 이 책에 「법술(法術)」이란 말이 자주 보이는 것도 그 때문일 것이다. 순자도 덕(德)을 바탕으로 하는 왕도정치를 이상으로 받들기는 하였지만, 공자나 맹자처럼 덕(德)은 사람에게 있어서는 하늘로부터 타고난 내재적(內在的)인 것이라는 주장을 부정하고, 덕은 외재적(外在的)인 사회의 규범이나 예의에 의하여 형성되는 것이라 생각했던 것이다. 여기에서 강력한 힘을 가지고 밖으로부터 남을 규제(規制)하려는 패도정치가 쉽사리 받아들여진 것이다. 그리고 후세 학자들이 유가 이외의 법가(法家)를 비롯한 이단(異端)의 학설적인 근원을 순자에게 두는 것도 이것이 큰 이유 중의 하나이다.

순자

제6권

IO. 부국편富國篇

　이 편에서는 나라를 부하게 하는 방법을 논하고 있다. 여기서
는 나라를 부하게 하는 기본 방법을 논한 대목과, 어진 사람이어
야만 나라를 부하게 할 수 있다는 주장을 한 대목과, 묵자(墨子)의
학설을 비평하면서 유학(儒學)의 우수성을 강조한 대목 등, 이 편
의 중심이 되는 부분만을 번역하였다.

1.

나라를 풍족하게 하는 길은 쓰는 것을 절약하고 백성들을 넉넉하게 하여 그 남는 것을 잘 저장하는데 있다. 쓰는 것의 절약은 예의로써 하고, 백성들을 넉넉하게 하는 것은 정치로써 한다.

백성들이 넉넉하면 그 때문에 남는 것도 많게 된다. 백성들이 넉넉하면 백성들이 부하고, 백성들이 부하면 곧 밭을 비옥하게 잘 경작(耕作)하고, 밭을 비옥하게 잘 경작하면 생산하는 곡식이 백 배로 는다. 임금은 법에 따라 이를 세금으로 거둬들이고, 아래 백성들은 예의로써 이를 절약해 쓴다면, 남는 것이 산더미같이 많아져 때때로 태워버려야 할 만큼 저장할 곳이 없게 된다. 군자들이 어찌하여 남는 것이 없음을 걱정하겠는가?

그러므로 쓰는 것을 절약하고 백성들을 넉넉하게 할

줄 알면, 곧 반드시 어질고 의로우며 훌륭하고 성인답다는 명성이 생기게 되고, 또 산더미처럼 쌓인 두터운 부를 지니게 될 것이다. 이것은 다른 데 원인이 있는게 아니라 바로 쓰는 것을 절약하고 백성들을 넉넉하게 해주는 데서 생겨나는 것이다.

足國之道, 節用裕民, 而善臧其餘. 節用以禮, 裕民以政. 彼裕民, 故多餘. 裕民則民富, 民富則田肥以易, 田肥以易, 則出實百倍. 上以法取焉, 而下以禮節用之, 餘若丘山, 不時焚燒, 無所臧之. 夫君子奚患乎無餘?

故知節用裕民, 則必有仁義聖良之名, 而且有富厚丘山之積矣. 此無它故焉, 生於節用裕民也.

- 裕民(유민) : 백성들을 넉넉하게 해주다.
- 善臧(선장) : 잘 저장하다.
- 易(이) : 밭갈이 또는 경작(耕作)을 잘 하는 것.
- 出實(출실) : 소출, 수확하는 곡식.
- 丘山(구산) : 언덕과 산.
- 焚燒(분소) : 태워버리는 것.
- 奚(해) : 어찌하여.
- 患(환) : 걱정하는 것.

• 富厚(부후) : 부가 두텁게 쌓인 것. 부유한 것.

*나라를 풍족하고 부하게 하는 방법은 절약해서 물자를 사용하고, 백성들의 생활을 넉넉하게 해주는데 있다는 것이다. 백성들의 생활에 여유가 생기고, 또 물건을 절약해 쓴다면 그 나라가 부해질 것은 물론이다. 다만 어떻게 백성들의 생활을 풍족하게 하고, 어떻게 물건을 절약해 쓰도록 하느냐가 문제일 것이다.

여기에서 또 주목할 일은 백성들의 생활이 넉넉해지고 물건을 절약해 써서 나라가 부해지면, 자연히 그 나라 임금은 어질고 의로우며 성인답고 훌륭하다는 명성이 생기게 된다는 것이다. 현실적으로 백성들은 값싼 동정보다는 그들의 생활을 여유 있게 만들어 주는 임금을 존경한다는 데서 그렇게 말했을 것이다.

2.

만 가지 변화를 다스리고 만물을 이용하며, 만백성을 먹여 살리어 온 천하를 모두 제어(制御)하는 데에는, 어진 사람(仁人)의 훌륭함보다 더 좋은 것이 없다. 왜 그런고 하니 그의 지혜와 생각은 이들을 다스리기에 족하고, 그의 인후(仁厚)함은 그들을 편안히 해주기에 족하고, 그의 가르침은 그들을 교화하기에 족하여, 그를 얻게 되면 나라가 잘 다스려지고, 그를 잃으면 나라가 어지러워지기 때문인 것이다.

백성들은 진실로 그의 지혜에 힘입고 있기 때문에, 모두가 서로 이끌면서 그를 위하여 노고(勞苦)를 다함으로써, 그를 안락하게 해주기에 힘써 그의 지혜를 길러주는 것이다. 진실로 그의 인후함을 아름답게 생각하기 때문에 그를 위하여 죽을힘을 다하고 목숨을 바쳐가면서 그를 보호하고 도와줌으로써 그의 인후함을 길러준다. 진실로 그의 덕을 아름답다고 생각하기 때문에 그를 위하여 조각을 새기고 보불 무늬를 그리어 그를 호위하고 장식해 줌으로써 그의 덕을 길러준다.

그러므로 어진 사람이 임금 자리에 있으면 백성들은 그를 하느님처럼 귀히 여기고 부모님처럼 친하게 여기며, 그를 위하여 죽을힘을 다하고 목숨을 바치면서도 즐거워하는데, 그것은 다른 원인이 있는 것이 아니라 바로 그가 좋다고 하는 것은 정말로 아름답고, 그가 얻는 것은 정말로 크고, 그가 이로움을 가져오는 것은 정말로 많기 때문인 것이다.

시경에 말하기를,

「우리는 짐을 지기도 하고 수레를 끌기고 하고

우리는 수레를 몰기도 하고 소를 끌기도 하며

우리 일을 다 이루고 나니

모두에게 말하기를 돌아가도 좋다네.」

라 하였는데, 이것을 두고 말한 것이다.

그러므로 군자는 덕을 내세우고 소인은 힘을 내세우는데, 힘은 덕의 부림을 받는 것이라 하는 것이다.

治萬變, 材萬物, 養萬民, 兼利天下者, 爲莫若仁人之善也.

夫故其知慮足以治之, 其仁厚足以安之, 其德音足以化之, 得之則治, 失之則亂.

百姓誠賴其知也, 故相率而爲之勞苦, 以務佚之, 以養其知也. 誠美其厚也, 故爲之出死斷亡, 以覆救之, 以養其厚也.

誠美其德也, 故爲之雕琢刻鏤, 黼黻文章, 以藩飾之, 以養其德也.

故仁人在上, 百姓貴之如帝, 親之如父母, 爲之出死斷亡而愉者, 無它故焉, 其所是焉誠美, 其所得焉

誠大, 其所利焉誠多.

詩曰, 我任我輦, 我車我牛, 我行旣集, 蓋云歸哉!
此之謂也.

故曰, 君子以德, 小人以力, 力者德之役也.

- 材(재) : 裁(재)와 통하여, 물건을 적당히 이용하는 것.
- 德音(덕음) : 덕있는 소리, 여기서는「가르치는 말씀」.
- 佚(일) : 편안한 것.
- 出死斷亡(출사단망) : 죽을 힘을 내고 죽기를 마다 않는 것.
- 雕琢刻鏤(조탁각루) : 조각하는 것. 雕琢은 구슬이나 돌에, 刻
  鏤는 쇠나 나무에 무늬를 새기는 것.
- 黼黻(보불) : 옛날 중국에서 쓰이던 독특한 무늬. 黼는 검고
  흰 도끼 모양의 무늬가 이어진 것. 黻은「己」자가 옆으로 붙
  어 이어진 것 같은 무늬.
- 藩(번) : 울타리. 여기서는 보호해 주는 것.
- 愉(유) : 기뻐하는 것.
- 所是(소시) : 옳다고 하는 것, 좋다고 하는 것.
- 詩曰(시왈) : 시경 소아(小雅) 서묘(黍苗)편에 보이는 구절. 이
  시는 백성들이 소백(召伯)을 위하여 부역(賦役)하는 즐거움을
  노래한 것이라 한다.
- 任(임) : 짐을 지는 것.
- 輦(련) : 수레를 잡아 끄는 것.
- 集(집) : 成(성)의 뜻으로,「다 이룬 것」(鄭玄箋).
- 蓋(개) : 皆(개)와 통하여「모두」(鄭玄箋).

*백성들을 잘 살게 하며 세상을 잘 다스리는 사람은 어진 사람이다. 어진 사람에게는 지혜가 있고, 인후(仁厚)함이 있고, 또 덕이 있다. 백성들은 그의 지혜와 인후함과 덕에 힘입어 잘 살아가고 있기 때문에, 자연히 그의 지혜와 인후함과 덕을 보호해 주고 길러주기 위하여 목숨까지도 바치는 일을 꺼리지 않는다.

　백성들이 임금을 이처럼 존경하고 따르며 그를 위해 온 힘을 다하는 것은, 임금이 그들에게 막대한 이익을 가져다주기 때문이라는 것이다. 순수한 마음의 감화보다도 이익을 크게 본 것도 순자의 현실적인 계산에서 나온 것이다.

　3.

　묵자(墨子)의 말은 빤한 것이다. 그는 세상을 위하여 물자가 부족케 될까 걱정하고 있다. 그러나 부족하다는 것은 온 천하 전체의 걱정이 아니라, 다만 묵자의 개인적인 걱정이요 지나친 생각일 따름인 것이다.

　지금 이 땅이 오곡(五穀)을 생산하고 있지만 사람들이 이것을 잘 다스리면, 곧 한 마지기 땅에서 여러 항아리를 거둘 수 있고 일 년에 두 번도 수확할 수 있다. 그리고 나서 오이와 복숭아·대추·오얏은 한 나무에서 여러 항아리의 양을 딴다. 그리고 또 파·마늘이나 여러 가지 채소는 호수의 양만큼이나 거둔다. 그리고 또 여러 가지 가축과 새와 짐승은 한 마리가 수레에 찰 만큼도 자란다. 큰자라와 악어·물고기·자라·미꾸라지·전어 등은 철마다 새끼를 쳐서 한 가지만도 무리를 이룬다. 그리고 또 나는 새와 오리·기러기 등은 구름이 덮인 바다처럼 많다. 그리고 또 곤충과 여러 가지 물건들이 그 사이에 생산되어 서로 먹고 살아갈 수 있는 것은 이루 다 헤아릴 수도 없다.

하늘과 땅이 만물을 생산함에 있어서는 본시부터 여유가 있어서 사람들을 먹이기에 충분하며, 삼과 칡·누에와 면사(綿絲) 및 새와 짐승의 깃과 털·이빨과 가죽 등은 본시부터 여유가 있어서 사람들을 입히기에 충분한 것이다.

여유가 있으니 부족하다는 것은 온 천하 전체의 걱정이 아니라, 다만 묵자의 개인적인 걱정이요 지나친 생각에 불과한 것이다.

墨子之言昭昭然, 爲天下憂不足. 夫不足, 非天下

之公患也, 特墨子之私憂過計也.

今是土之生五穀也, 人善治之, 則畝數盆, 一歲而
再獲之.

然後瓜桃棗李, 一本數以盆鼓, 然後葷菜百疏, 以
澤量, 然後六畜禽獸, 一而剸車, 黿鼉魚鼈鰌鱣以時
別, 一而成羣, 然後飛鳥鳧雁, 若烟海, 然後昆蟲萬
物生其間, 可以相食養者, 不可勝數也.

夫天地之生萬物也, 固有餘, 足以食人矣. 麻葛繭
絲, 鳥獸之羽毛齒革也, 固有餘, 足以衣人矣.

夫有餘, 不足非天下之公患也, 特墨子之私憂過計
也.

* 昭昭然(소소연) : 昭는 小와도 통하여 「조금 환한 것」, 「뻔한
  것」.
* 過計(과계) : 지나친 생각.
* 畝(묘) : 백 평 또는 이백 평(秦制) 넓이. 우리나라의 「마지
  기」와 가깝다.
* 盆(분) : 동이, 항아리. 옛날에는 곡식을 질그릇으로 만든 항
  아리로 양을 헤아렸다.
* 獲(획) : 수확.
* 瓜(과) : 외. 오이.
* 棗(조) : 대추.

- 鼓(고) : 양(量)의 뜻(楊倞注). 여러 개.
- 葷菜(훈채) : 파 · 마늘 · 고추 같은 양념이 되는 채소.
- 百疏(백소) : 여러 가지 채소, 疏는 蔬와 통하는 글자.
- 澤量(택량) : 호수의 물이 양처럼 많다는 뜻.
- 輖車(전거) : 수레 하나를 모두 차지한다, 수레에 가득 찬다.
- 黿(원) : 큰 자라.
- 鼉(타) : 악어.
- 鱉(별) : 자라.
- 鰌(추) : 미꾸라지.
- 鱣(전) : 전어.
- 以時別(이시별) : 철에 따라 새끼 친다.
- 鳧(부) : 오리.
- 雁(안) : 기러기.
- 烟海(연해) : 안개나 구름이 덮인 바다.
- 食人(사인) : 사람들을 먹이는 것.
- 麻(마) : 삼.
- 葛(갈) : 칡.
- 繭(견) : 누에.
- 絲(사) : 면사(綿絲).

*묵자(墨子)는 이름이 묵적(墨翟), 전국시대 노(魯)나라 사람으로 송(宋)나라 대부가 되었었다. 그는 모든 사람들을 다 같이 사랑한다는 겸애(兼愛)와 함께, 물건을 절약해 쓸 것을 주장하

여 그에게 동조하는 이가 많았다. 순자가 살아있을 적에는 묵가(墨家)는 거의 유가와 대등(對等)한 세력을 지니고 있었다. 묵자의 저술로 「묵자」 15권이 있다.

물건을 절약해서 사용한다는 점에 있어서는 순자는 묵자와 견해가 같다. 이에 세상 사람들이 오해할까 하여 일부러 묵자의 비평을 이 편에선 길게 하고 있는 것이다. 묵자는 세상의 물건이란 아껴 쓰지 않으면 뒤에는 부족하게 될 거라는 생각을 하고 있었는데, 세상의 물자가 부족하게 될지도 모른다고 생각한 점을 순자는 비평하고 있다. 세상의 물자는 본시부터 풍부하여 절대로 부족하게 되지는 않을 거라는 게 순자의 견해이다. 현대인의 눈으로 보면 오히려 묵자의 견해가 옳았던 것 같다. 지금 지구상의 많은 자원이 줄어들고 있기 때문이다. 순자는 자원이 부족해질까 걱정이 되어서가 아니라, 나라를 더욱 풍부하게 만들기 위하여 물자를 절약해야 한다고 주장했던 것이다.

4.

천하 전체의 걱정은 혼란과 위해(危害)인 것이다. 어찌하여 세상을 어지럽히는 자가 누구인가 서로 함께 추구하여 보지 않겠는가? 나는 묵자가 음악을 부정하는 것은,

곧 천하를 어지럽게 만드는 것이며, 묵자가 물자의 사용을 절약하자는 것은, 곧 천하를 가난하게 만드는 것이라 생각한다. 그를 내리치려는 것이 아니라 따져보면 그러함을 면할 수가 없기 때문이다.

묵자가 크게는 천하를 차지하고 작게는 한 나라를 차지한다면, 근심스러운 듯 거친 옷을 입고 나쁜 음식을 먹으면서 걱정하고 슬퍼하며 음악을 내칠 것이다. 이렇게 하면 물자가 모자르게 되고, 물자가 모자르게 되면 욕망을 충족시키지 못하고, 욕망을 충족시키지 못하면 시상제도(施賞制度)가 행하여지지 않을 것이다.

묵자가 크게는 천하를 차지하고 작게는 한 나라를 차지한다면, 부리는 사람들을 적게 하고 관직을 줄이며, 공로를 존중하여 노고(勞苦)를 하면서 백성들과 일을 같이하고 공로와 노고도 같이 쌓게 될 것이다. 이렇게 한다면 위엄이 서지 않고, 위엄이 서지 않으면 형벌이 행하여지지 않을 것이다.

시상제도가 행하여지지 않으면, 곧 현명한 사람이 나와 벼슬할 수 없게 되고, 형벌이 행하여지지 않으면, 곧 어리석은 자들이 벼슬자리에서 물러날 수가 없게 된다. 현명한 사람이 벼슬할 수가 없고 어리석은 사람이 물러날 수가 없다면, 곧 능력 있는 사람과 능력 없는 사람을 적당한 벼슬에 가려 임명할 수 없게 된다.

이렇게 되면 만물이 합당한 자리를 잃고, 일의 변화는 적응할 줄 모르게 되고, 위로는 하늘의 때를 놓치고, 아래로는 땅의 이점(利點)을 놓치며, 가운데로는 사람들 사이의 조화를 잃게 되어, 천하는 불이 붙어 끄슬려지고 탄 듯이 메마르게 될 것이다. 묵자가 비록 이런 천하를 위하여 칡베옷을 입고 새끼띠를 매고서 콩국을 먹고 냉수를 마신다 하더라도 어찌 이를 충족시킬 수가 있겠는가? 이미 그 뿌리를 자르고 그 근원을 마르게 함으로써 온 천하를 태워버렸기 때문이다.

天下之公患, 亂傷之也. 胡不嘗試相與求亂之者誰也? 我以墨子之非樂也. 則使天下亂, 墨子之節用也, 則使天下貧. 非將墮之也, 說不免焉.

墨子大有天下, 小有一國, 將蹙然衣麤食惡, 憂戚而非樂. 若是則瘠, 瘠則不足欲, 不足欲則賞不行.

墨子大有天下, 小有一國, 將少人徒, 省官職, 上功勞苦, 與百姓均事業, 齊功勞. 若是則不威, 不威則罰不行.

賞不行, 則賢者不可得而進也, 罰不行, 則不肖者
不可得而退也. 賢者不可得而進也, 不肖者不可得而
退也, 則能不能不可得而官也.

若是則萬物失宜, 事變失應, 上失天時, 下失地理,
中失人和, 天下敖然若燒若焦. 墨子雖爲之衣褐帶
索, 嚽菽飮水, 惡能足之乎? 旣以伐其本, 竭其原,
而焦天下矣.

- 亂像(난상) : 혼란과 위해.
- 嘗試(상시) : 시험 삼아 무슨 일을 해보는 것.
- 求(구) : 추구(追求).
- 非樂(비악) : 음악을 부정하는 것. 묵자 15권 가운데엔 「비악
  편(非樂篇)」이 들어 있다. 사람은 모두 부지런히 노동하며 생
  산에 종사하면서 물자를 절약하고, 사람의 마음을 들뜨게
  하는 음악을 없애야 한다는 것이다.
- 墮(타) : 떨어뜨리는 것, 공격하는 것.
- 說不免(설불면) : 이론을 따지면 그러함을 면할 수가 없다는
  뜻.
- 蹙然(축연) : 이맛살을 찌푸리며 걱정하는 모양.
- 麤(추) : 성근 것, 조악(粗惡)한 것.
- 憂戚(우척) : 근심하고 슬퍼하는 것.
- 瘠(척) : 몸이 마르는 것, 메마르게 되는 것, 생산이 주는 것.
- 人徒(인도) : 부리는 사람들.

- 省(생) : 생략. 줄이는 것.
- 不肖者(불초자) : 못난 자.
- 敖然(오연) : 敖는 熬(오)와 통하여 「불붙는 모양」.
- 燒(소) : 타는 것.
- 焦(초) : 까맣게 타버리는 것.
- 索(색) : 새끼줄.
- 嚽(철) : 啜(철)과 통하는 자로서 「훌쩍거리며 마시는 것」.
- 菽(숙) : 콩, 콩국, 콩죽.
- 惡(오) : 어찌.
- 竭(갈) : 다하는 것, 마르는 것.
- 原(원) : 源(원)과 통하여 「근원」.

*묵자는 세상 사람은 신분이 높고 낮음을 막론하고 모두 절약하는 한편, 누구나 부지런히 일하며 생산에 종사해야 한다고 하였다. 따라서 사람의 마음을 즐겁게 하는 음악 같은 것은 사치스러운 것, 곧 비생산적(非生産的)인 것이라 하여 이를 부정하였다.

그러나 유가들의 주장에 의하면, 임금은 모두 음악을 제정하여 음악으로써 사람들의 성정(性情)을 순화(醇化)시키는 한편, 의식에 응용하여 지배자로서의 위엄을 보여야 한다고 생각하였다. 따라서 이것은 순자뿐만 아니라 전체 유가사상과도 어긋난다.

또 유가는 음악과 함께 예의를 중시하였다. 사람들은 그의 신분에 알맞은 예에 따라 행동하여야 하며, 예에 맞는 일을 하여야 사회질서가 유지된다고 생각하였다. 임금이나 백성을 막론하고 누구나 일하고 누구나 검소하게 산다면, 사회의 질서가 어지러워지고 말 것이라는 것이다.

묵자의 이러한 생각은 결과적으로 세상의 질서를 어지럽히어 세상의 생산능력을 형편없이 줄여버리고 말 것이라는 것이다. 그것은 묵자가 유가에서 말하는 근본적인 예의나 음악 같은 것을 부정하고 있기 때문이다.

5.

그러므로 옛날의 임금이나 성인들께서는 하시는 일이 그렇지 않으셨다. 사람들의 임금이 된 사람은 아름답지 않고 장식하지 않고서는 백성들을 통일할 수가 없으며, 부유하지 않고 인후하지 않고서는 아랫사람들을 관할(管轄)할 수가 없으며, 위엄이 없고 강하지 않고서는 포악한 자를 금하고 흉악한 자를 이겨낼 수가 없다는 것을 알고 있었다.

그러므로 반드시 큰 종(鐘)을 두드리고 잘 울리는 북을 치며, 생황(笙簧)과 우(竽)를 불고 금(琴)과 슬(瑟)을 뜯게 함으로써 그들의 귀를 막았다. 반드시 무늬를 쪼고 새기며, 보불(黼黻) 같은 무늬를 그림으로써 그들의 눈을 막았다. 반드시 소·돼지나 벼와 수수나 여러 가지 맛과 향기로운 물건으로써 그들의 입을 막았다. 그런 뒤에 부리는 사람들을 늘리고 관직을 갖추며 상을 내리고, 형벌을 엄하게 함으로써 그들의 마음을 경계시켰다.

천하에 살고 있는 백성의 무리들로 하여금 자기의 바라던 것이 모두 여기에 있다는 것을 알도록 하였다. 그래서 그들에게 상이 내려지는 것이다. 자기의 두려워하는 것이 모두 여기에 있다는 것을 알도록 하였다. 그래서 그들을 형벌로 위압하는 것이다. 상을 내리고 형벌로 위압하게 되면, 곧 현명한 사람이 나와 벼슬할 수 있게 되고, 어리석은 자들은 물러날 수 있게 되며, 능력 있고 능력 없는 이들이 적절히 벼슬을 할 수 있게 될 것이다.

이렇게 되면, 곧 만물을 합당하게 존재하게 되며, 일의 변화에는 적절히 호응하게 되며, 위로는 하늘의 때를 잘 맞추게 되고, 아래로는 땅의 이점을 잘 이용하게 되며, 가운데로는 사람들을 잘 화합하게 만들 것이다. 그러면 재물은 줄줄 샘물이 흐르듯 솟아나고, 출렁출렁 강물이나 바닷물처럼 가득 차고, 불쑥 산더미처럼 높이 쌓이어, 때때로 태워버려도 그것을 저장할 곳이 없을 만큼 될 것이다. 그러면 천하는 무엇 때문에 부족함을 걱정하겠는가?

故先王聖人, 爲之不然. 知夫爲人主上者, 不美不飾之不足以一民也, 不富不厚之不足以管下也, 不威不强之不足以禁暴勝悍也.

故必將撞大鐘, 擊鳴鼓, 吹笙竽, 彈琴瑟, 以塞其耳. 必將錭琢刻鏤, 黼黻文章, 以塞其目, 必將芻豢稻粱, 五味芬芳, 以塞其口. 然後衆人徒, 備官職, 漸慶賞, 嚴刑罰, 以戒其心.

使天下生民之屬, 皆知己之所願欲之擧在是于也. 故其賞行, 皆知己之所畏恐之擧在是于也, 故其罰威. 賞行罰威, 則賢者可得而進也, 不肖者可得而退也, 能不能可得而官也.

若是則萬物得宜, 事變得應, 上得天時, 下得地理, 中得人和, 則財貨渾渾如泉源, 汸汸如河海, 暴暴如丘山, 不時焚燒, 無所臧之. 夫天下, 何患乎不足也?

- 美(미) : 명성이나 덕이 아름다운 것.
- 飾(식) : 예절에 따라 행동과 겉모양을 꾸미는 것.
- 撞(당) : 치는 것, 두드리는 것.

- 大鐘(대종) : 아악(雅樂)에서 타악기로 쓰는 큰 종.
- 鳴鼓(명고) : 소리 잘 나는 북.
- 笙(생) : 생황(笙簧). 박쪽에다 길고 짧은 13개의 관(管)을 꽂아 불어 소리를 내는 악기.
- 竽(우) : 큰 생황. 우는 36개의 관이 있으며, 모양은 생황과 비슷하다.
- 芻豢(추환) : 본시는 소와 돼지가 먹는 먹이. 여기선 그것으로 기르는 「소와 돼지」.
- 稻(도) : 벼.
- 粱(량) : 기장, 수수.
- 五味(오미) : 달고, 시고, 짜고, 쓰고, 매운 여러 가지 맛.
- 芬芳(분방) : 향기로운 물건.
- 是于(시우) : 于是, 또는 於是(어시). 여기에.
- 渾渾(혼혼) : 물이 끊임없이 흐르는 모양.
- 汸汸(방방) : 물이 많은 모양.
- 暴暴(포포) : 불쑥불쑥 크게 솟아 있는 모양.

* 여기에서는 유가의 이상적인 정치를 묵자의 폐해와 견주어 얘기하고 있다. 유가의 이상적인 인물인 옛날 임금이나 성인들은, 묵자가 싫어하는 음악과 형식적인 수식과 풍부한 음식과 부리는 많은 인원으로 훌륭한 정치를 하였다.

다만 성인들이 백성들의 욕망의 충족을 위하여 만든 시상제도(施賞制度)와 자기의 위엄을 위하여 만든 형벌(刑罰)로써 정치의 질서를 세웠다고 한 것은 유가의 견해라기보다는 순자의 견해라고 해야 옳을 것이다.

어떻든 유가의 성인들은 묵자가 배척한 방법을 써서 자연의 질서를 따라 사람들을 화합하게 만들었고, 풍부한 재물을 쌓았다는 것이다.

6.

그러므로 유가(儒家)의 방법이 진실로 행하여진다면, 곧 천하는 크게 부하여지고 안락하면서도 많은 공을 이루고, 종을 치고 북을 두드리면서 화합될 것이다. 시경에 말하기를,

「종소리 북소리 둥둥 울리고
피리 소리 경소리 쟁쟁하네.
내려주시는 복 수북하고,
내려주시는 복 한이 없네.
위엄있는 거동 점잖으신데
취하시고 배부르시거늘
복과 녹이 거듭해 오네.」

라 하였는데, 이를 두고 말한 것이다.

그런데 묵가(墨家)의 방법이 진실로 행하여진다면, 곧

천하는 검소함을 숭상하지만 더욱 가난해지고, 싸우려들지 않는데도 매일처럼 다투게 되며, 노고를 하며, 괴로움을 겪어도 더욱 공로는 없게 되며, 핼쑥한 얼굴로 걱정하고 슬퍼하며, 음악을 폐지해도 매일처럼 화합되지 못할 것이다. 시경에 말하기를,

「하늘이 막 괴로움을 거듭 내리시니
화란(禍亂)이 정말로 많도다.
백성들의 말은 모두 불평뿐이나
슬프다, 아무도 이를 막지 않누나!」

라 한 것은 이를 두고 한 말이다.

故儒術誠行, 則天下大而富, 使而功, 撞鐘擊鼓而和. 詩曰, 鐘鼓喤喤, 管磬瑲瑲. 降福穰穰, 降福簡簡. 威儀反反, 旣醉旣飽, 福祿來反. 此之謂也.

故墨術誠行, 則天下尙儉而彌貧, 非鬪而日爭, 勞苦頓萃而愈無功, 愀然憂戚非樂而日不和. 詩曰, 天方薦瘥, 喪亂弘多, 民言無嘉, 憯莫懲嗟. 此之謂也.

- 詩曰(시왈) : 시경 주송(周頌) 집경(執競)편에 보이는 대목임.
- 喤喤(황황) : 종과 북 소리. 「둥둥」.
- 管(관) : 피리. 관악기(管樂器).

- 磬(경) : 돌을 깎아 만든 타악기.
- 瑲瑲(창창) : 피리와 경소리. 「쟁쟁」 또는 「동동」.
- 穰穰(양양) : 풍부하게 많은 모양.
- 簡簡(간간) : 큰 모양(毛傳).
- 威儀(위의) : 위엄 있는 의표(儀表). 위엄 있는 몸가짐.
- 反反(반반) : 점잖은 모양.
- 飽(포) : 배불리 먹은 것.
- 來反(내반) : 반복(反復)이 되어 오다.
- 彌(미) : 더욱.
- 頓萃(돈췌) : 괴로움을 당하는 것.
- 愈(유) : 더욱, 갈수록.
- 愀然(초연) : 얼굴빛이 변하는 모양, 얼굴이 슬픔이나 긴장으로 핼쑥해지는 것.
- 詩曰(시왈) : 시경 소아(小雅) 절남산(節南山)편에 보이는 구절들.
- 薦(천) : 중복(重複). 거듭하는 것(毛傳).
- 瘥(차) : 병, 고통.
- 喪亂(상란) : 화란(禍亂), 환난(患難). 재난과 혼란.
- 無嘉(무가) : 좋은 말이 없는 것, 원망과 불평을 하는 것.
- 憯(참) : 曾(증)의 뜻. 「일찍이」(毛傳).
- 懲(징) : 멈추게 하는 것, 막는 것(毛傳).
- 嗟(차) : 아아 어쩔 것인가 하는 탄사.

*유가의 방법으로 세상을 다스리면, 온 천하가 부하여지고

평화로워지지만, 묵가의 방법을 쓰면 오히려 세상은 혼란과 전쟁 속에 빠지고 만다는 것이다. 묵자는 절약과 검소한 생활과 노동을 주장하고 있어, 세상 사람들이 모두 이를 따른다면 얼핏 보기에는 가장 쉽사리 부하게 될 것 같다. 그러나 사람들이 모여 사는 사회에서는 무엇보다도 질서를 통하여 사람들이 평화롭게 살 수 있어야 하며, 도덕적인 윤리에 의하여 사람들이 화합하는 것이 중요하다. 나라가 부하고 잘 살게 되기 위하여는 직접적인 경제정책도 필요하지만, 이에 앞서 사회를 올바로 이끌 질서와 윤리가 필요하다는 것이다. 이 점에서 유가는 묵가를 앞선다.

순자

제7권

11. 왕패편 王霸篇

나라를 다스리는 방법에는 왕도(王道)와 패도(覇道)와 망도(亡道)의 세 가지가 있다. 물론 이 가운데서 왕도야말로 나라를 다스리는 가장 올바른 길이지만, 그것이 안될 적에는 최소한 패도라도 지켜야만 한다.

여기에는 이 편 중에서 왕도, 패도, 망도의 구별을 논한 첫 단과 인재 등용이 이러한 정치에 미치는 중요성을 논한 대목과 이상적인 왕도를 설명한 대목 세 가지를 번역하기로 한다.

1.

　나라라는 것은 천하의 제도로서 이로운 용구(用具)이고, 임금이라는 것은 천하의 이로운 권세인 것이다. 올바른 도(道)를 따라 이것을 유지해 나가면 곧 크게 안락할 것이고, 크게 영화로울 것이며, 아름다운 명성이 쌓이는 근원이 된다. 올바른 도를 따르지 않고 이것을 유지하면, 곧 크게 위태로워지고 큰 위해(危害)가 가하여지며, 그것이 있음은 없는 것만도 못하게 되어, 그 궁극(窮極)에 가서는 한 필부(匹夫)가 되려고 하더라도 때가 늦을 것이다. 제(齊)나라 민왕(湣王)과 송(宋)나라 헌왕(獻王)이 그러한 임금이었다.

　그러므로 임금이란 천하의 이로운 권세이지만 그러나 스스로 안락하게 지내지 못하기도 하는 것이다. 임금 자리에 안락히 지내는 사람은 반드시 올바른 도를 지킨 사람이다. 그러므로 나라를 다스리는 사람은 의로움이 알려지면 왕자가 되고, 신용이 알려지면 패자가 되고, 권모술수가 알려지면 망자가 되는 것이다. 이 세 가지는 밝은 임금이라면 삼가서 가리어야 할 길인 것이다.

國者, 天下之制利用也, 人主者, 天下之利埶也. 得道以持之, 則大安也, 大榮也, 積美之源也, 不得道以持之, 則大危也, 大累也, 有之不如無之, 及其綦也, 索爲匹夫不可得也. 齊湣, 宋獻是也.

故人主, 天下之利埶也, 然而不能自安也. 安之者, 必將道也. 故用國者, 義立而王, 信立而霸, 權謀立而亡. 三者, 明主之所謹擇也.

- 制(제) : 제도. 그러나 이 글자는 잘못 끼어들은 것이라고 주장하는 학자도 있다(楊倞注).
- 綦(기) : 궁극(窮極), 마지막 단계.
- 索(색) : 구하는 것, 찾는 것.
- 齊湣(제민) : 湣은 閔(민)으로 쓰며 제나라 민왕(閔王). 그는 초(楚)나라 장수 요치(淖齒)에게 죽음을 당하였다.
- 宋獻(송헌)은 송나라 헌왕으로, 정치를 잘못하다가 제나라 민왕에게 멸망을 당하였다.

*임금이란 세상에서 가장 큰 권세를 누리는 자리이지만 잘못하면 자기 몸 하나도 건사 못하고 멸망당하는 경우가 있다. 그것은 임금이 올바른 도리를 지킬 줄 모르기 때문이다.

임금이 얼마나 올바른 도리를 지키는가 하는 정도에 따라 왕자도 되고, 패자도 되고, 망자도 된다. 첫째로, 그 임금이 의롭다는 명성이 드러나면 그 사람은 왕자가 된다. 둘째로, 적어도 그 임금은 믿을 만하다는 소문이 나면 그 사람은 패자가 된다. 그러나 권모술수 밖에 모른다고 세상에 알려지면 그 임금은 망하고 만다는 것이다. 그러니 임금은 무엇보다도 의롭고 올바르게 정치를 하여야 한다. 그것이 안되면 적어도 그의 말과 행동에 대하여는 다른 사람들이 신용할 수 있는 정치를 하여야 한다. 의로움도 신용도 없이 그때그때의 이익만을 좇아 권모술수나 쓰는 임금은 멸망하고 말 것이라는 것이다.

2.

저 나라를 유지하는 사람은 반드시 혼자서 할 수는 없는 것이다. 그러하므로 강하고 굳게 되거나 영예롭고 욕되게 되는 것은 재상(宰相)을 고르는데 달려 있는 것이다. 자신이 능력 있고 재상도 능력이 있다면 이러한 사람은 왕자가 된다. 자신은 능력이 없지만 두려워할 줄 알아 능력 있는 사람을 구한다면 이러한 사람은 강자(强者)가 된다. 자신이 능력도 없으면서 두려워하면서 능력 있는 사람을 구하지 못하며, 오직 가까이서 아양 떨며 자기에게 친근하게 구는 사만을 등용한다면, 이와 같은 사람은 나라가 위태롭고 땅도 빼앗기며 종당에 가서는 망하고 말 것이다.

　나라라는 것은 크게 다스리면 곧 커지고, 작게 다스리면 작아진다. 큰 것은 종당에 가면 왕자가 되며, 작은 것은 종당에 가면 망하게 되고, 작고 큰 중간 것은 존속만 한다. 크게 다스리는 사람은 의로움을 앞세우고 이익을 뒤로 미루며, 친하고 친하지 않은 것을 상관 않고, 귀하고 천한 것을 상관 않으며 오직 진실로 능력 있는 사람만을 구한다. 이런 사람을 두고 크게 다스리는 것이라 말하는 것이다. 작게 다스리는 사람은 이익을 앞세우고 의로움을 뒤로 미루며, 옳고 그른 것을 상관 않고 굽고 곧은 것을 따지지 않으며, 오직 아양 떨며 자기에게 친근히 구는 자만을 등용한다. 이런 사람을 두고 작게 다스리는 것이라 말하는 것이다.

　크게 다스리는 사람은 그와 같고 작게 다스리는 사람은 이와 같으며, 작고 큰 중간 것은 또한 그와 같이 되기

도 하고, 이와 같이 되기도 한다. 그러므로,

　「순수하면 왕자가 되고 잡되면 패자가 되며, 이런 것 하나도 없다면 망한다.」

고 말한 것은, 이를 두고 말한 것이다.

　彼持國者, 必不可以獨也. 然則彊固榮辱, 在於取相矣, 身能相能, 如是者王. 身不能, 知恐懼而求能者, 如是者彊. 身不能, 不如恐懼而求能者, 安唯便僻左右親比己者之用, 如是者危削, 綦之而亡.

　國者, 巨用之則大, 小用之則小. 綦大而王, 綦小而亡, 小巨分流者存. 巨用之者, 先義而後利, 安不卹親疏, 不卹貴賤, 唯誠能之求, 夫是之謂巨用之. 小用之者, 先利而後義, 安不卹是非, 不治曲直, 唯便僻親比己者之用, 夫是之謂小用之.

　巨用之者, 若彼, 小用之者, 若此, 小巨分流者, 亦一若彼, 一若此也. 故曰, 粹而王, 駁而霸, 無一焉而亡, 此之謂也.

- 便僻(편폐) : 便嬖(편폐)와 같은 말로 「아양 떨며 환심을 사는 것」.
- 左右(좌우) : 옆, 가까이.

- 親比(친비) : 친근(親近).
- 削(삭) : 나라 땅의 일부를 남에게 뺏기는 것.
- 綦(기) : 궁극에 가서는, 종당에는.
- 分流(분류) : 여기서는 물이 나뉘어 흐르는 중간, 곧 크고 작은 중간을 뜻한다.
- 卹(술) : 걱정하는 것, 여기서 不卹은 「상관 않는 것」.
- 疏(소) : 관계가 먼 사람. 親(친)의 반대.
- 不治(불치) : 여기서는 「따지지 않는 것」.
- 粹(수) : 순수한 것, 온전한 것.
- 駁(박) : 섞인 것, 잡된 것.

　*여기서는 인재 등용의 중요성을 얘기하고 있다. 인재를 올바로 능력에 따라 잘 쓰는 사람은 왕자가 되고, 잡되게 능력 있는 사람도 쓰지만 자기와 개인적으로 가까운 사람은 능력을 따지지 않고 쓰는 사람은 패자가 되고, 이것도 저것도 못하는 사람은 망자가 된다는 것이다.

3.

　다스려지는 법이 없는 나라도 없지만 어지러워지는 법이 없는 나라도 없으며, 현명한 선비가 없는 나라도 없지만 무능한 선비가 없는 나라도 없으며, 성실한 백성이 없는 나라도 없지만 흉악한 백성이 없는 나라도 없으며, 아름다운 풍속이 없는 나라도 없지만 악한 풍속이 없는 나라도 없다.

이 두 가지는 함께 존재하고 있는데, 나라가 앞쪽 것들로 치우쳐지면 나라가 편안하고, 뒤쪽 것들로 치우쳐지면 나라가 위태로워진다. 앞쪽 것들 한편만 있으면 왕자가 되고, 뒤쪽 것들 한편만 있으면 망하고 만다. 그러므로 그 나라의 법은 잘 다스려지고, 그 신하는 현명하고, 그 백성은 성실하고, 그 풍속은 아름다워서, 이 네 가지 것이 갖추어진 것, 이것을 두고 앞쪽 것들 한편만 있는 거라고 말한 것이다. 이렇게 되면 싸우지 않고도 승리하고, 공격하지 않고도 획득하며 군사들을 수고롭히지 않아도 천하가 복종하게 된다.

그러므로 상(商)나라 탕(湯)임금은 박(亳), 주(周)나라 무왕(武王)은 호(鄗)땅을 차지하고 있었는데, 모두 사방백 리밖에 안되는 땅이었으나 천하가 그들에게 통일되었고, 제후들이 그들의 신하가 되었으며, 길이 통하는 모든 곳의 사람들은 복종 않는 자가 없었다. 이건 다른 까닭이 아니라 바로 위의 네 가지를 갖추고 있었기 때문이었다. 하(夏)나라 걸(桀)임금과 은(殷)나라 주(紂)임금은 천하를 지배하는 권세를 지닌 자리에 있었으면서도, 필부(匹夫)가 되고 싶어도 되지 못할 지경에 이르렀었다. 이것은 다른 까닭이 아니라 바로 위의 네 가지를 모두 갖추고 있지 않았기 때문이었다. 그러므로 여러 임금들의 법은 같지 않지만 이처럼 귀결(歸結)은 하나로 되는 것이다.

無國而不有治法, 無國而不有亂法, 無國而不有賢士, 無國而不有罷士, 無國而不有愿民, 無國而不有悍民, 無國而不有美俗, 無國而不有惡俗.

兩者並行, 而國在上偏而國安在, 下偏而國危. 上一而王, 下一而亡. 故其法治, 其佐賢, 其民愿, 其俗美, 而四者齊, 夫是之謂上一. 如是則不戰而勝, 不攻而得, 甲兵不勞而天下服.

故湯以亳, 武王以鄗, 皆百里之地也, 天下爲一, 諸侯爲臣, 通達之屬莫不從服. 無它故焉, 四者齊也. 桀紂卽序於有天下之埶, 索爲匹夫而不可得也. 是無它故焉, 四者並亡也. 故百王之法不同, 若是所歸者一也.

• 罷士(피사) : 무능한 선비, 병신 같은 사람.

- 愿(원) : 성실한 것.
- 悍(한) : 악독한 것.
- 偏(편) : 한편으로 기우는 것, 치우쳐지는 것.
- 佐(좌) : 돕은 이. 신하.
- 湯(탕) : 상(商)나라를 세운 임금. 탕임금은 본시 박(亳)이란 작은 지방의 제후에 불과했으나 마침내는 하(夏)나라 걸(桀)임금을 쳐부수고 천자가 되었다. 박땅은 지금의 하남성(河南省) 상구현(商丘縣)에 해당한다.
- 武王(무왕) : 주나라 문왕(文王)의 아들. 포악한 은(殷)나라 주(紂)임금을 쳐부수고 자신이 천자가 되었었다. 호(鄗)는 호(鎬)로도 쓰며, 지금의 섬서성(陝西省) 장안현(長安縣) 서남쪽에 해당하는 지방.
- 桀紂(걸주) : 각각 탕임금과 무왕에게 멸망당한 폭군들.
- 序(서) : 서열, 자리.
- 亡(망) : 無(무)와 같은 자.

*어느 나라나 그 나라 안에는 여러 가지 좋은 요소와 나쁜 요소를 다 지니고 있다. 법이나 선비·백성·풍속에도 좋은 것과 나쁜 것이 있다. 그런데 이들 가운데서 좋은 것만 가리어 발전시키면 왕자가 되고, 나쁜 것만 가리어 따르면 망하게 된다. 따라서 임금이 왕자·패자·망자로 갈리워지는 근본적인 원인은 극히 간단한 것이다. 누구나가 지니고 있는 여러 가지 좋은 점만을 잘 발전시키면 왕자가 되고, 나쁜 점만을 좇으면 망자

가 되며, 좋은 것 나쁜 것을 섞어 발전시키면 패자가 된다는 것
이다.

순자

12. 군도편 君道篇

　임금이란 어떤 것이며, 어떻게 하여야 나라를 올바로 다스릴 수 있는가를 논한 편. 앞의 「왕제」, 「부국」, 「왕패」의 여러 편을 통하여 이미 순자가 생각하는 임금이란 어떤 것이며, 임금은 어떻게 나라를 다스려야 하는가를 대강 짐작할 수 있으리라 여겨진다. 여기서는 이 편의 중심이 되는 임금과 군자의 관계를 논한 대목과, 임금과 신하는 어떠해야 하는가를 논한 대목을 번역한다.

1.

어지럽히는 임금은 있어도 꼭 어지러워야 할 나라는 없다. 다스리는 사람은 있어도 꼭 다스려질 법은 없다. 활을 잘 쏜 예(羿)의 사법(射法)은 없어지지 않았으나 예가 세상에 살고 있는 것은 아니며, 우(禹)임금의 법은 아직도 존재하고 있지만 그의 하(夏)나라가 대대로 지금껏 임금 자리에 있는 것은 아니다. 그러므로 법이란 독립할 수 없는 것이며, 선례(先例)란 그 자체로써 효과가 있을 수는 없는 것이다. 합당한 사람이 있게 되면 실행이 유지되지만, 합당한 사람이 없으면 실행되지 않고 없어지는 것이다.

법이란 것은 다스림의 시작이고, 군자란 것은 법의 근원이다. 그러므로 군자가 있으면 법이 비록 생략되었다 하더라도 충분히 두루 퍼질 것이다. 군자가 없으면 법이 비록 갖추어져 있다 하더라도 앞뒤로 시행할 순서를 잃고 일의 변화에 적응하지 못하여 충분히 어지러워질 것이다.

법의 뜻을 알지 못하면서 법의 조문만을 바로 지키는 사람은, 비록 널리 안다 하더라도 일을 당하면 반드시 혼란을 일으킬 것이다. 그러므로 밝은 임금은 합당한 사람을 얻기를 서두르고, 어리석은 임금은 그의 권세를 얻기를 서두른다. 합당한 사람을 얻기를 서두르면, 곧 자신은 안락하여지고 나라는 다스려질 것이며, 공로는 커지고 이름은 아름다워져 위로는 왕자가 될 수 있고 아래로는 패자가 될 수 있을 것이다. 합당한 사람을 얻기를 서두르지 않고 그의 권세를 얻기를 서두른다면, 곧 자신은 수고로워지고 나라는 어지러워질 것이며, 공로는 없어지고 이름은 욕되게 되어 나라는 반드시 위태로워질 것이다. 그러므로 임금은 그런 사람을 찾기에 수고하지만, 그를 부림에 있어서는 놀고 먹는다. 서경에 말하기를,

「문왕께서는 공경하고 조심하시어

훌륭한 한 사람을 간택(揀擇)하셨다.」

하였는데, 이를 두고 말한 것이다.

有亂君, 無亂國, 有治人, 無治法, 羿之法非亡也,
而羿不世中, 禹之法猶存, 而夏不世王. 故法不能獨
立, 類不能自行. 得其人則存, 失其人則亡.

法者, 治之端也, 君子者, 法之原也. 故有君子, 則
法雖省, 足以徧矣. 無君子, 則法雖具, 失先後之施,
不能應事之變, 足以亂矣.

不如法之義, 而正法之數者, 雖博臨事必亂. 故明
主急得其人, 而闇主急得其埶. 急得其人, 則身佚而
國治, 功大而名美, 上可以王, 下可以霸. 不急得其
人, 而急得其埶, 則身勞而國亂, 功廢而名辱, 社稷
必危. 故君人者, 勞於索之, 而休於使之. 書曰, 惟文
王敬忌, 一人以擇, 此之謂也.

- 羿(예) : 요임금 때의 사관(射官)으로, 활 잘 쏘는 명인(名人).
  하(夏)나라 때에 이르기까지 그의 자손들은 예의 사법을 익
  혀서 명궁(名弓)으로 이름을 날리었다.
- 世中(세중) : 세상에 존재하다, 또는 대대로 그의 궁법을 배
  운 자손들이 존재하다.
- 禹(우) : 하(夏)나라의 첫째 임금, 순임금 때 중국땅의 범람하
  는 물을 다스린 공로로 임금 자리를 물려 받았다.
- 類(류) : 선례(先例), 전례.
- 端(단) : 발단(發端), 시작.

- 數(수) : 일정한 원칙, 여기서는 법의 「조문(條文)」.
- 闇主(암주) : 어두운 임금, 어리석은 임금.
- 社稷(사직) : 나라를 가리키는 말. 社는 땅의 신, 稷은 곡식의 신. 임금은 이 두 신에게 반드시 제사를 지냈다.
- 索(색) : 찾는 것, 구하는 것.
- 書曰(서왈) : 여기에 인용한 것과 완전히 같은 구절은 서경엔 보이지 않는다. 서경 주서(周書) 강고(康誥)편에 「惟文王之敬忌, 乃裕民. 曰, 我惟有及, 則予一人以懌.」(오직 문왕께서 공경하고 조심하던 대로 하면 백성들이 넉넉해질 것이다. 나도 그렇게 되도록 하겠다고 한다면, 나 한 사람은 기뻐할 것이다.)는 글이 있는데, 여기서 두 구절 내용을 약간 바꾸어 따온 것인 듯.
- 忌(기) : 경계하는 것, 조심하는 것.
- 一人(일인) : 임금을 가리킴.
- 擇(택) : 어진 사람을 골라 등용하는 것.

　*나라에는 법이나 제도가 있지만, 이를 운용하며 나라를 다스리는 것은 바로 사람이다. 따라서 다스리는 사람이 훌륭한 군자라면 법이나 제도는 약간 불완전해도 괜찮다. 반대로 다스리는 자가 소인이라면 아무리 완전한 법과 제도가 있다 하더라도 나라는 올바로 다스려질 수 없다.

　따라서 다스리는 임금 자신도 현명해야 하지만, 또 그 밑의 신하들을 잘 골라 등용하여야만 한다. 훌륭한 사람들을 잘 등용하면 그 나라는 흥성하고, 그렇지 못하면 망하고 만다는 것이다.

2.

임금이란 백성들의 근원인 것이다. 근원이 맑으면 흐름도 맑고, 근원이 흐리면 흐름도 흐린 것이다. 그러므로 나라를 다스리고 있는 사람이 백성을 사랑하지 못하고, 백성을 이롭게 하지 못하면서 백성들이 자기와 친애하기를 바라는 것은 될 수 없는 일이다. 백성들이 친하지도 않고 사랑하지도 않는 데도 그들이 자기를 위하여 일하고, 자기를 위하여 죽기 바란다는 것은 될 수 없는 일이다.

백성들이 자기를 위하여 일하지 않고 자기를 위하여 죽지 않는 데도, 군대가 강하고 성이 견고하기 바란다는 것은 될 수 없는 일이다. 군대가 강하지 않고 성이 견고하지 않으면서 외적(外敵)이 침범해 오지 않기 바란다는 것은 될 수 없는 일이다. 적이 침범해 와서 위태로워지거나 땅을 빼앗기지 않고, 또 멸망당하지 않기를 바란다는 것은 될 수 없는 일이다. 위태롭게 되고 땅을 빼앗기고 멸망케 될 요건(要件)들이 모두 여기에 쌓여 있는 데도 안락하기를 바라는 것은 미친 사람일 것이다.

　미친 사람은 때를 가리지 않고 즐긴다. 그러므로 임금이 강하고 견고하여지고 안락하여지기 바란다면 백성들을 돌이켜 살펴봄이 가장 좋을 것이다. 정치를 닦고 나라를 아름답게 하고자 한다면 합당한 사람을 구하는 것보다 더 좋은 일은 없을 것이다.

　君者, 民之原也. 原淸則流淸, 原濁則流濁. 故有社稷者, 而不能愛民, 不能利民, 而求民之親愛己, 不可得也. 民不親不愛, 而求其爲己用, 爲己死, 不可得也.

　民不爲己用, 不爲己死, 而求兵之勁, 城之固, 不可得也. 兵不勁, 城不固, 而求敵之不至, 不可得也. 敵至而求無危削, 不滅亡, 不可得也. 危削滅亡之情, 擧積此矣, 而求安樂, 是狂生者也.

　狂生者, 不胥時而落. 故人主欲彊固安樂, 則莫若反之民, 欲附下一民, 則莫若反之政, 欲修政美俗, 則莫若求其人.

　• 勁(경) : 강한 것, 힘 있는 것.

- 固(고) : 수비가 견고한 것.
- 情(정) : 사정(事情), 요건(要件).
- 擧(거) : 모두.
- 狂生(광생) : 미친 사람, 사리를 분간 못하는 사람.
- 胥時(서시) : 胥는 須(수)와 통하여, 「때를 기다리지 않고」, 「때를 가리지 않고」.
- 落(낙) : 樂(낙)으로 된 판본이 옳다(荀子集解), 「즐기는 것」, 「안락하게 지내는 것.」
- 疆固(강고) : 군대가 강하고 성의 수비가 견고한 것.
- 反(반) : 돌이켜 살펴보는 것.
- 附下(부하) : 신하들이 따르는 것.

*임금이란 정치를 하는데 있어서는 백성들의 근원이나 같다는 것이다. 임금이 올발라야 백성들이 잘 살게 되고, 또 백성들이 그 임금을 따르게 된다는 것이다.

백성들이 임금을 위하여 일하고, 임금을 위하여 죽으려 들어야 그 나라는 강하고 안락한 나라가 된다. 그렇게 하자면 훌륭한 사람들을 등용하여 올바른 정치를 해나가야 된다. 곧 임금은 훌륭한 신하를 두어 올바른 정치를 해야만 백성들이 복종하는 왕자가 될 수 있다는 것이다.

명문동양문고 ㉒

순자荀子 [上]

초판 인쇄 2021년 3월 5일
초판 발행 2021년 3월 10일

역저자 김학주
발행자 김동구
디자인 이명숙 · 양철민
발행처 명문당(1923. 10. 1 창립)
주 소 서울시 종로구 윤보선길 61(안국동)
        우체국 010579-01-000682
전 화 02)733-3039, 734-4798, 733-4748(영)
팩 스 02)734-9209
Homepage www.myungmundang.net
E-mail mmdbook1@hanmail.net
등 록 1977. 11. 19. 제1~148호

ISBN 979-11-90155-89-2 (03820)
10,000원